ラルーナ文庫

聖者の贈りもの
運命を捨てたつがい

雨宮四季

三交社

CONTENTS

Illustration

やん

聖者の贈りもの　運命を捨てたつがい

本作品はフィクションです。
実際の人物・団体・事件などにはいっさい関係ありません。

全《すべ》てを捨てて田舎から出てきた。都会へ行けば、赤月《あかつき》市にある界命《かいめい》病院へ行けば、フェロモン分泌腺《せん》除去手術を開発した偉大なる医者に会えれば、都丸夕緋《とまるゆうひ》はみじめな人生からようやく脱出できるのだと、愚かにも信じていた。

「ちょっと、気をつけて！」

フラフラと危なっかしい足取りで診察室を出てきた夕緋は、患者の若い女性にぶつかりそうになって罵声《ばせい》を浴びせられた。かなりの大声だったのだが、その声すら熱の膜に隔てられているようだ。ほとんど何も聞こえなかった。

季節は十一月の終わりだが、風邪《かぜ》を引いているわけではない。風邪程度の話であれば、先の若い女性が一瞬夢見るような表情になった後、慌てて夕緋から離れたりしなかっただろう。

「……あなた、ちょっと、やばいよ。そんな状態で出歩くのはよしなさい、大勢の迷惑になる!!　ここはアルファが集《つど》う病院なの、どうなっても知らないわよ!!」

吐き捨てる声よりも、彼女の気配が――アルファの強い存在感が、過敏になった神経を逆撫《さかな》でする。確かに界命病院内部にいるのはアルファばかりだ。患者だけでなく、医者や看護師、薬剤師までもアルファ――この世界を導いていく、絶対的エリートの風格を漂わせている。

この世界の生物は男女の性別とは別に、三つに分かれた第二の性によってさらに区別されている。といっても八割がベータ、いわゆる一般人だ。

ベータは第二の性よりも第一の性による支配が大きく、逆に言えば第二の性に振り回されることは少ない。多くは男女で交際し、子を成し、特色もないが波乱もない人生を送るのが普通である。

残りのうち一割がアルファであり、先ほど夕緋を冷たくあしらった医者、政治家、時にはアイドルや芸術家など、人々に強い影響を及ぼし指導するカリスマにあふれている。アルファとして生を受けるということは、それだけで勝ち組であると約束されたようなものだ。

勝ち組がいれば負け組がいる。最後の一割、オメガがそうだ。周期的に意思とは無関係な発情期を迎え、ベータやアルファを誘惑する淫売《いんばい》として古《いにしえ》より軽蔑《けいべつ》されてきた。発情期のオメガとのセックスは理性を蕩《とろ》かす快楽をもたらすとして、一部の心ないアルファの娯楽となっているのにだ。

そんな野蛮な時代もあったと、都会の連中は思っているんだろうさ。煮えたぎるような脳の片隅で、夕緋は皮肉に笑った。

オメガへの差別が消えてなくなったわけではないが、オメガはレイプされても文句を言えないなどという暗黒時代は過ぎた。現在は法も整備され、たとえアルファであっても、あまりにも過ぎた行為にはちゃんと罰が下る。特にオメガが男女どちらでも子宮を備え、妊娠する可能性があることを考慮し、孕《はら》ませて捨てる、あるいは堕胎《だたい》を強要するようなアルファは厳罰に処せられるのだと、人権派を自認する人々はこぞって口にする。

「それこそ現実を無視した、甘ったるい考えだ……」

熱の皮膜が貼《は》りついたような喉《のど》をひくつかせ、夕緋は断言した。百歩譲ってここ赤月市のような、大都市圏ならそうかもしれない。しかし夕緋が生まれてこの方過ごしてきた、緑青《ろくしょう》ノ森《もり》町のような田舎では、いまだ中世と変わらぬ認識がまかり通っているのだ。

『夕緋さんは悪くねーです。全部、アルファの俺が悪いんです。俺が夕緋さんのフェロモンに、惑わされちまったから……!!』

一つ年下の後輩、東野晴男《ひがしのはれお》の真摯《しんし》な謝罪を思い出す。分かっている、彼も自分も悪くない。お互いの厄介な第二の性に鼻面を引き回されただけなのだから。

問題は自分たち以外の人間は、総じてオメガである夕緋に責任ありと考えていることなのだ。油断すると濡《ぬ》れた呼気を吐く唇を噛《か》み締め、とにかく外へ、アルファのいないところへ行こうと足掻《あが》く。

しかし、待合室の出口までの距離はほんの数メートルだというのに、体が重くて、熱くて、まともに動けない。そこら中から魅惑的な香りが漂い、本能に訴えかけてくるのだ。

ここに留《とど》まれ、強いアルファたちを選べ、選んでもらえ、と。

まさか、発情期？

「馬鹿な……」

今となっては愚かに過ぎた期待にはち切れんばかりだったとはいえ、アルファが集う病院との話は仕入れている。念には念を入れ、絶対に発情期ではないタイミングを待ってやってきたのだ。

すぐに手術を受ける可能性があるのだから、発情抑制剤のような強い薬の服用こそ避けたが、そんな、あんなふうにすげなく手術を拒否された上に、アルファだらけの場所で発情し、フェロモンを発して誰彼構《だれかれかま》わず誘いかけてしまうなんて、馬鹿なことが起こるはずがない。運命はそこまで、自分に厳しく当たる必要があるだろうか。

「おっと、君、本当に気をつけて」

自分を鞭《むち》打つ現実が信じられず、フラフラと歩を進めていた夕緋を抱き留めたのは、恰《かっ》幅《ぷく》のいい中年男性だった。先の女性アルファのように嫌悪感を露《あら》わにすることはなく、むしろ興味深げに夕緋の顔を覗《のぞ》き込んでくる。

「君……、オメガか？　若いな、学生かね？」

垢《あか》抜けない服装に身を包んでいても、オメガらしい繊細さがにじんだ美貌《びぼう》は隠せない。ましてや現在の夕緋は、甘ったるいフェロモンをまき散らし始めている。その香りを味わうように、中年男性は鼻孔《びこう》をふくらませながら夕緋を抱き寄せた。

いつもの夕緋であれば、咄嗟《とっさ》の一撃を食らわせ、あらん限りの罵倒《ばとう》の言葉を並べて逃げただろう。今はできない。発情の微熱《びねつ》に精神を蝕《むしば》まれていることに加え、ようやく姿を見せた奇跡にそっぽを向かれた事実が気力を奪っていた。

『オメガは本当に馬鹿だな。この雷神一《らいじんいち》が、本気で一名限定の無償手術などやると思ったのか？』

たった十五分かそこら前のことだ。この数ヶ月間、夕緋の希望の星だった男はアルファらしい美貌を残酷に歪《ゆが》ませて嘲《わら》った。美辞麗句で飾り立てられた各種パンフレットやサイトでは決して見られない、彼の裏の顔だった。

『いやいや、田舎から出てきた愚かなオメガのガキと違って、私は医者だ。それも超一流の。ならば、言葉は正確に使わなくてはな。確かに私は、無料で一名の患者を救う予定がある』

愕然《がくぜん》と立ち竦《すく》む夕緋を愉《たの》しげに眺め、雷はいよいよサディスティックな本性を露わにする。アルファにしては珍しく、ベータやオメガにも分け隔てなく接する人格者と評判の姿はどこにもない。

『だが、救うべき患者はすでに決まっているのだ、オメガくん。君のように、本当に手術代を工面できない貧乏人ではなく、不幸にしてアルファ一族の中に生まれてしまった高貴な少女こそが私の患者には相応《ふさわ》しい』

君を救ったところで、安い美談で終わりだ。しかし彼女を救えば、手術代以上のバックアップを親族から受けることができる。得意げに語る雷の顔を、ただ見ていることしかできなかった。

『とはいえ、わざわざ来てくれたんだ。金さえ用意してくれれば、手術をしてやらんこともない。オメガらしく見た目は悪くないんだ。そのあたりの街頭で足でも開けば、手付金ぐらいはすぐに作れるんじゃないか？　おっと、しかし私が勧める病院で客漁《あさ》りはやめてくれよ。私の患者たちは、オメガの中でももう少しグレードの高い相手をお望みだ。猿山から出てきたようなガキなど……』

そこで耐えきれなくなった夕緋が外に出たので、以降の詳細は不明である。ただし、おおよその見当はつく。果てのないオメガへの差別、罵倒。

この病院へ来れば決別できると思っていたもの。

結局のところ自分も、夢見がちなオメガに過ぎなかったのだと思い知らされた。先のアルファ男性の腕に捕まったまま、夕緋は悔しさに唇を噛み締める。発情の熱に曇った意識は、いつしか彼の息が荒くなってきたことに気づかない。

「発情状態《ヒート》のようだな……近頃のオメガは、発情一つもまともにコントロールできないとは嘆かわしい」

夕緋が放つフェロモンによって、アルファの本能が刺激されている。紳士面が次第に剝《は》がされていく。雷には山猿のように扱われた夕緋であるが、都会暮らしのスレたオメガとは違う純朴さが彼の興味を引いていた。

夕緋も夕緋で、知らぬ間に彼から漂うアルファの気配にすっかりと当てられている。体の奥から湧《わ》き出した熱で茹《ゆ》でられた脳は、自分を抱き留めた腕を至上の楽園へ続くものと認識していた。このまま何も考えず、身を任せてしまいたい。

「……仕方がないね、私が付き合ってあげよう」

舌なめずりした男が、満足に立てない状態の夕緋を腕にぶら下げるようにして歩き出そうとする。目的地は近隣に多数ある高級ホテルだ。安いラブホテルでも事はすませられるが、出して入れるだけといった、交尾めいた行為はアルファには相応しくない。美味というより珍味に属する獲物であるが、より楽しめる環境でいただくのがせめてもの礼儀だ。

だが、身勝手な算段を整えたエセ紳士の前に立ち塞《ふさ》がる背の高い人影があった。

「失礼」

口ではそう言うものの、慇懃《いんぎん》無礼《ぶれい》な口調と突き刺すような視線が裏切っている。対峙《たいじ》する相手を問答無用で竦ませる冷気が、彼の全身から立ち上っていた。

年齢は四十代といったところか。エセ紳士より少し年下に見えるが、身長も仕立てのいいスーツに包まれた体の厚みも、悠々と彼を上回る。年齢を重ねて円熟した、アルファ特有の美貌も同様だ。オールバックにした黒髪に縁取られた顔の彫りは深く、その筋の男かと思わせるような迫力に満ちていた。

ただしその唇から出る言葉は、怒気を孕んではいても、冷静かつ道徳的である。

「見たところ、そのオメガの少年は、まともに話ができる状態ではないようだ。どこかへ連れて行くつもりなら、発情が収まった後に意見を聞くのが一般的な大人の、アルファの態度ではないか？」

「……なんだ、君は。人が親切に」

自分より格上と思《おぼ》しきアルファ登場に、エセ紳士は少しばかり怯《ひる》んだ。もっとも、格上といってもアルファ同士だ。自分のほうが年齢が上ということもあり、簡単に引き下がるのは沽券《こけん》に関《かか》わる。

「私はただ、彼がこの場で醜態をさらさずにすむよう、安全な場所へ運んでやろうとしただけだぞ？　それをなんだ、人攫《ひとさら》いを見るように。失礼だが、どこの一族の者かね？」

個体としては格上の相手でも、血統なら負けはしない。そう思って強気に出たエセ紳士であるが、目の前の男が無言で差し出した名刺に大きく目を見開く。

シンプルなデザインのそれには、名前と肩書きだけが簡潔に書いてあった。公賀空彦《くがそらひこ》、赤月市立大学生物学教授。

筋者めいた容姿を裏切る肩書きに驚くより前に、エセ紳士の目は彼の名前に、より正確に言えば姓に釘《くぎ》づけになっていた。

「……し、失礼しました、公賀家の方とは知らず……浅学をお許しください」

「……次からは公賀の人間であろうがなかろうが、真っ当な批判には耳を傾けるように」

震え上がるエセ紳士を押し退《の》け、空彦は夕緋を抱き抱えた。

「君、まだ意識はあるか。残念ながら、この病院はオメガの手当てに適切な施設とは言えない。別の病院を紹介しよう。ついてきなさい」

せっかくの申し出であるが、現在の夕緋に空彦の声は意味あるものとして届いていなかった。ただ、強大なアルファの熱源が自分にぴたりと寄り添ったのは分かった。

体の奥が、さらに甘く疼《うず》く。この腕が、この男がほしいと、啼《な》いている。

「ん……」

体が自然とたくましい胸にもたれていく。子猫のように甘えた吐息を漏らす夕緋を見て、空彦はため息をついた。

「……聞こえていないようだな。まあいい。乗りかかった船だ、しかるべき病院までは連れて行ってやる。さあ、がんばって歩くんだ」

強く腕を引かれた夕緋は、反射的に相手の顔を仰《あお》ぎ見た。ショックが引き金となった発情に脳を支配され、淫《みだ》らな熱以外に何も感じられない状態にある夕緋と、空彦の視線が至近距離でかち合う。

「……!!　クソッ」

途端、忌々しげに目を逸《そ》らしたのは空彦のほうだった。赤子のようにぼんやりと、曖昧《あいまい》な笑みを浮かべている夕緋の顔を見ないように努めながら、彼は足早に病院の外へ向かって歩き出す。スーツの下で兆し始めた自分自身を屈辱と共に意識しながら。

「どうしたんだ……まさか、この子のフェロモンに引きずられているのか？　早すぎる。出会って数分だぞ。あり得ない。この俺が、こんな少年に……」

焦燥を含んだ声も、今の夕緋には具体的な内容は分からない。分からないが、彼の声は

大層心地良かった。欲求のまま、さらに体をすり寄せれば、ビクリと空彦の肩が跳ねる。

「ハイヤーを回してくれ。早く‼」

怒鳴りつけられた受付の看護師が、泡を食って受話器を取り上げる。先のエセ紳士と違って彼女は公賀家に連なる男の顔を知悉《ちしつ》しているため、いちいち聞き返したりはしない。ハイヤーも界命病院の客は優先してくれるので、数分もせずに黒塗りの高級車が玄関前に停まった。

問題はその間にも、二人を包む焼けつくような痺《しび》れが高まっていくことだ。夕緋だけではなく、彼に触発された空彦の口から漏れる息も熱く、荒い。

「公賀様、車が来ました」

受付から声をかけられた空彦は、物も言わずにハイヤーの後部座席に乗り込んだ。その腕に引きずられるようにして隣に座った夕緋は、いまだ雲の上を歩くような気分だ。フワフワと幼い笑みを浮かべながら、たくましい腕に自らの腕を絡みつかせる。なまめかしい指の感触は、厚手のスーツの生地を易々《やすやす》と貫いて空彦の肌をざわめかせていた。

「お客様、どちらへ向かいましょうか」

ハイヤーの運転手が尋ねると、空彦は一瞬、何かを堪《こら》えるような顔をした。

やがて彼が告げた行き先は、オメガの治療に最適な病院ではなかった。

柔らかな敷布が火照《ほて》った体を受け止める。

朦朧《もうろう》とした目で見上げれば、オメガ養護施設の薄汚れた天井とは段違いの、見知らぬ豪《ごう》奢《しゃ》な天井が夕緋を見下ろしていた。

「……ん……？」

小さなうめきさえ、鼻にかかった無自覚な媚《こび》を含んでいる。夕緋の上にのしかかっていた男がゴクリと喉を鳴らした。

「……すまない」

煙る瞳《ひとみ》に映るのは、夕緋の父親と言っても通用する年齢の男である。もっとも顔立ちから受けるイメージは夕緋の対極に位置する。オメガを貪《むさぼ》ることが許された、支配階級に相応しい威風堂々たる容貌《ようぼう》。

壮年期のアルファ男性に違いあるまい。晴男もかなりの美形だが、まだ少年期の中にある彼とは年季が違う。重厚な迫力に押し潰《つぶ》されそうだ。まして、否応のない発情の熱に当てられた状態では。

「え、ぇ……？　誰……？」

界命病院の受付付近で目が合った記憶は夕緋にはない。怒りと悲しみが引き金となったのか、突如として始まった発情期に呑《の》み込まれて茫然《ぼうぜん》自失の状態にあった。今まで嗅《か》いだことのない、とてもいい匂《にお》いがしたことは覚えているが、それ以外の記憶は薄い。

現在もいい匂いはしている。目の前の男から漂う香りにただならぬ引力を感じてはいるが、それ以上に戸惑《とまど》いが強かった。

ここはどこで、この人は誰だ。一体僕に、何をしようとしているのだ。

「だ、誰、ですか……どうして……、僕は、なんで」

「すまない……本当に、すまない」

繰り返される謝罪は真摯《しんし》だ。夕緋を小馬鹿にした雷のような嘲《あざけ》りの気配は欠片《かけら》もない。

それでいて、混乱する夕緋の上からどいてくれる様子はない。頭の芯《しん》が痺れるような匂いを……アルファのフェロモンをまき散らし、夕緋の心をかき乱しながら、彼は端整な顔を近づけてきた。

「俺もにわかには信じがたいが……どうやら君と俺は、運命のつがい、というやつらしい」

フェロモン分泌腺除去手術とは違う、手応《てごた》えのない奇跡の名前が、いきなり鼻先に突きつけられた。

「そんな……ン、むっ」

馬鹿な、と言おうとした唇を、唇で押さえつけられて深く塞がれる。夕緋が大切に守ってきたファーストキスだった。

緑青ノ森でオメガがまともな職に就ける可能性は少ない。両親が揃《そろ》っていても難しいのに、養護施設の出身となれば尚更《なおさら》だ。一定の年齢に達すると追い出されてしまう施設にいられなくなった先は、低賃金の非正規職、さもなくば売春である。

どうせ行き着く先は同じ。ならば若いほうが稼げると、早くから体を売り始めるオメガも多いのだ。しかしオメガは性の快楽に弱く、特に発情期は金銭のやり取りに頭が回らぬまま、なし崩しで行為に及ぶことが多々ある。

結果、相手も明確に覚えていないまま望まぬ妊娠をし、どうしようもなくなって産んだ子を捨てたり、堕胎を繰り返したりしているうちに心身を病《や》む。十代で病棟に縛りつけられ、そのまま一生を終えるオメガも珍しくない。

悲惨な末路も、「だってオメガなんだから、しょうがないじゃない」程度の認識だ。ボランティア面をして「俺が相手してやるよ」と下卑た誘いをしてくる輩《やから》も後を絶たなかった。生徒だけではなく、時に教師まで「小遣いほしくないか？」などと言い出す始末だ。

夕緋はそんな連中に媚《こ》びるなど、死んでもごめんだった。発情抑制剤は絶対に飲み忘れないように気をつけ、周期を手帳につけて綿密にチェックしていた。淫らな誘いは毅然《きぜん》と撥《は》ねつけてきた。ふざけて抱きつかれれば突き飛ばしたし、キスしようとしてきたアルファを殴って大問題になりかけたこともある。

あの時は、晴男が証言してくれて事なきを得たのだ。だが、晴男も夕緋のフェロモンで我を失い、襲いかかってきた。今自分の上に覆い被《かぶ》さっている、この男のように。

「ふあ、あ、はぁ……」

互いの唾液《だえき》を散々絡め合った舌先が引き抜かれていく。過去を漫然と思い返している間に、初めてとは思えない濃厚なキスはやっと終わったようだ。

普段の夕緋であれば、とうの昔に殴っている。四肢を封じられた上の行為であっても、嚙みつくぐらいはしただろう。

今は何もできなかった。指の先まで快楽に麻痺《まひ》し、思うように動かない。

あなたは誰だと、誰何《すいか》の声を投げた程度の理性は働いているが、時間の問題だ。弱火で脳を煮込まれているような心地がする。すでに脱がされていた上着は元より、薄手のセーターをたくし上げられ、ツンと尖《とが》った乳首を摘《つ》まみ上げられてもまったく抵抗できない。

「あぁ……んん、や、ァ」

紅く熟れた先をうまそうに吸われても、変態と罵《ののし》るどころか、いやいやと気怠《けだる》く首を振るのが精一杯だ。漏れ出る声は甘く色づいており、自分でも本気で嫌がっているようには聞こえなかった。

「あ、あ、だめ」

しかし、男の手がジーンズのジッパーを外し、下着の中に差し入れてきた時には思わず制止の声が漏れた。際どいところに触れかけていた手が、一瞬止まる。

「あっ……！　あ、ああ」

止まったのは本当に一瞬だった。無言で深く入ってきた指先が、先を濡らし始めている性器を摑《つか》み出す。先端に熱い吐息がかかった。

「ひっ⁉　う、あ」

チロリと鈴口を舐《な》め上げられたと思ったら、亀頭《きとう》のくびれまでを一気にくわえこまれて、強すぎる刺激に高い悲鳴が漏れた。

許可なく他人に触れられるのは御免被るが、若い肉体は毎日精を作り出す。やむなく事務的に扱《しご》き上げ、発散することしか知らなかった場所が、他人の口腔《こうこう》粘膜に包まれたのだ。柔らかく熱い舌がもたらす快楽に、びりびりと背筋が痺れる。

「ら、めぇ、ああッ、ああああああッ‼」

堪《たま》らず男の頭を押し退けようとするが、脱力した指先が無意味に黒髪をかき混ぜただけだ。逆に軽く顔を上げた彼と目が合ってしまい、己のものをくわえたアルファという信じられない光景がとどめとなった。

「や、出ちゃ、はなし、て、あっ、あぁ……!!」

軽く広げられた爪先《つまさき》が何度もシーツを引っ掻く。びくんと背筋を仰《の》け反《ぞ》らせた夕緋は、下肢に陣取った男の喉へ精を放ってしまった。病院へ行く、手術を受けるということで頭がいっぱいで、しばらく自己処理をしていなかったせいもあるだろうが、恥ずかしさと解放感で目元がにじむ。

「はぁ、は……」

「可愛《かわい》いな……君は、本当に可愛い……」

うっとりとした声が大嫌いな言葉を言った。オメガの容姿を「きれい」「可愛い」と褒める裏には肉欲しかない。事実、目の前の男は今まさに夕緋の体を肉欲で穢《けが》している。ふざけるなと怒鳴り返したいが、なぜだか生じた胸がきゅうんと疼くような感覚に邪魔されて、何も言えない。

と、力の抜けた足をもっと広げられる感覚があった。

「……な、あ……や、なに」

自分でも最低限しか触れないところを舐められ、吸い上げられて達した。夕緋としては十分な行為が終わったのだが、相手にとっては違うようだ。むしろ、ここからが本番と言えるだろう。

ぬるりとした感触が尻《しり》の奥をかすめた。驚いて足を閉じようとしたが、間に男の体があって無理だった。セックスローションのぬめりをまとった彼の指先は、狼狽《ろうばい》する夕緋の穴へと狙《ねら》いを定め、まずは一本がつぷりと根元まで挿入された。

「ッん!!」

女性の性器と同じように、オメガのそこも愛液を分泌する。指に塗られたローションとの相乗効果で痛くはないが、性器と違って本当に自分でも触れたことのない場所だ。

――いや、そこはオメガの性器なのだ。アルファの雄を迎え入れ、種を授けてもらう場所。オメガ男性の直腸の奥には子宮があり、発情期には女性と同じように妊娠の可能性がある。優秀な精子を、ほしがっている。

「い、やだ!!」

恐怖が官能を一時的に凌駕《りょうが》した。一転して真っ青になった夕緋は暴れ始めたが、男の指は引き抜かれるどころか二本、三本と増えた。

「な、なんで……ッ、あ、いや、そこぐりぐりやぁ!!」

探るように動いていた指がある一点を抉《えぐ》った瞬間、再び陶酔へと突き落とされる。前立腺の位置を確認した指は容赦なく動き続け、ほどなく夕緋は二度目の絶頂を迎えた。

「は……、はぁ……ぁ……」

弛緩《しかん》した唇の端から唾液がだらしなく垂れ落ちる。一時は収まっていた発情の熱が煽《あお》り立てられ、無垢《むく》な体を包み込んでいた。徹底的に性を遠ざけていた分、初めて知った快楽に浸食されるのも早い。

まして、相手は運命のつがいだという。夕緋と結ばれるべきアルファ。そんな男に熱心な愛撫《あいぶ》を施されては、初心《うぶ》な夕緋に抗《あらが》う術《すべ》はない。

「すまない。本当に、申し訳ない……だが」

ぐったりと横たわっている夕緋の足をさらに開かせる男の息は荒い。

「君を、手に入れずにはいられない……俺たちは出会ってしまった。君を失うことは、もう考えられない……!!」

指で絶頂へと導かれ、薄く口を開いたままの穴へ灼熱《しゃくねつ》の棒があてがわれる。ぴりっと火花が散ったような感覚が走り、はっと我に返った。

「ま、待って」

火花が走ったといっても、痛いわけではない。それは悦《よろこ》びの予兆だ。

ずっと魂のどこかにあった虚《うつ》ろが埋められる予感。虚《むな》しい風が吹き抜ける穴が塞がって、ここから第二の人生が始まるという期待。

反面、こうも思うのだ。ならば今までの、苦しいだけの人生に、意味はあったのだろうか？

「待って、だ、だめ。なんで、あなたが、助けてくれたのに」

窮地に立たされた反動か、それまで霞《かす》む霧の彼方《かなた》にあった出来事がいきなり鮮明になった。

界命病院で発情し、紳士ぶったアルファの手でどこぞのホテルへ連れて行かれそうになったことを思い出す。あの下種《げす》を追い払ってくれたはずのアルファが、どうして自分の上に覆い被さり、処女を奪おうとしているのか。あのエセ紳士と、同じことをしようとしているのか。

「……すまない」

当然の指摘に、改めて自己矛盾《むじゅん》を感じたようだ。苦渋に満ちた表情をしたアルファは、しかし腰を引こうとはしない。

猛々《たけだけ》しい切っ先がじりじりと夕緋の中を開いていく。愛液もどきとローションに濡れた穴は嬉々《きき》として彼を迎え入れようとする。

夕緋の気持ちだけが置き去りだった。

「やめろ、やめて、や、ァ」

待ってほしい。せめてもう少し、考えさせてほしい。選択肢をください。懸命な訴えを押し潰しながら、満を持した熱塊が夕緋を串刺《くしざ》しにした。

「あっ……、あ、ああああぁッ‼」

満たされてしまう。

まだ心の整理はついていないのに、運命とやらで一方的に満たされてしまう。

「……ぐ、ぅ……ああ……、すばらしい……！」

歓喜に満ちた男の声は聞こえない。夕緋もまた、これまで必死で避けていた快楽の坩堝《るつぼ》に呑み込まれていた。

「ひぅ、あ、やぁっあっあッ」

ずっぷりと根元まで刺し貫いた後、男は続け様に腰を揺すり始めた。がくがくと揺さぶられるたび、かくりと垂れた後頭部がシーツを擦《こす》る。そうかと思えば頭を持ち上げられ、食らい尽くさんとばかりに熱烈なキスをされた。

「好きだ、好きだ、君が好きだ……」

見るからに位の高い壮年のアルファが、まるで初恋に狂った中学生のような熱に浮かされた告白を繰り返している。互いの名も知らぬからといって、一時の戯れではないことも理解している。自分と彼との間には、どうして今まで出会わずにいたのか不思議なほどの引力が働いていた。

快楽よりも恐ろしい幸福に魂を犯される。今度こそ噛みついてやりたいのに、甘く舌先を吸われると気持ち良くて堪らない。かわいそうに、つらかったね、これからはもう大丈夫。大きな手で頭を撫でられるのに似た心地よさに隷属《れいぞく》してしまいそうになる。

このまま中に出されたら、妊娠してしまうかもしれないのに。

「ん、ふ……ぁ」

ゆっくりと舌先が引き抜かれた。銀の糸を引きながら唇が離れ、軽く体を持ち上げられる。繋《つな》がったまま、奥へ太いものをねじり込むような形でバックの体勢へ移行させられた。

「はぁ、ああああ!!」

強烈な刺激に目眩《めまい》を覚えるが、そんなものは序の口だ。四つん這《ば》いにさせられ腰を摑まれ、さっきより速いペースで繰り返し奥を突かれる。快楽に痺れた腕から力が抜け、夕緋がシーツに突っ伏してしまっても、容赦のない陵辱《りょうじょく》は止まらなかった。

「これが、運命のつがいを抱くということか……俺は今まで、こんな幸せを知らずにいたのか……!!」

繰り返し夕緋の奥を穿《うが》つ男の声は、極上の獲物を仕留めた狩人の咆吼《ほうこう》だ。スーツと一緒に理性を含めたあらゆる美徳も脱ぎ捨てた彼は、初めて手にした原始的な快楽に我を忘れている。

「あぁ、あ、はっ……、は、ああ……」

死にかけの小動物のように、意味のない喘《あえ》ぎを零《こぼ》すだけの夕緋。その汗ばんだうなじに、男が顔を寄せていく。荒い呼気が髪の生え際を舐めた。

「これで君は、俺のものだ」

忘却の彼方にあった恐怖に思いきり頰《ほお》を叩《たた》かれた。

「まさか……、や、やめ、やだ！　僕やだ……!!」

犯されること。妊娠させられること。オメガの身には常に側《そば》にある恐怖は、かろうじて意識の片隅にあった。しかし、運命のつがいを頭から信じていなかった夕緋は、一番の恐怖を忘れていた。

この状態でうなじを嚙まれたら、夕緋は彼のつがいにされる。完全にこの男だけのオメガとして支配されてしまう。

『違うよ、夕緋。運命のつがいは、互いが互いを支配するんだ。普通のつがいなら、アルファが一方的に解除してもなんともないけど、運命のつがいは違う。唯一のオメガとして、優しく抱いてもらえて、生涯守ってもらえるんだよ』

運命のつがいを夢見るオメガの少女が、かつて語ったことを思い出す。大半のオメガはそれで納得できるのだろう。

夕緋は違った。そのどこが、普通のつがいと違うのか分からなかった。

アルファに守られたくなんかない。優しかろうが優しくなかろうが、抱かれたくなんかない。過度な贅沢《ぜいたく》などは望まないから、オメガ一人でも慎《つつ》ましく生きていけるだけの力が、ほしかった。

それなのに今、直腸には熱い精が注がれ、うなじからは運命とやらが絡みついてくる。拒絶し続けていたもの全てが、否応なく夕緋という器を満たしていく。

運命のつがいは本当にいたのだ。熱心に語ってくれたあのオメガの少女は、これはと見初めた女性アルファに捨てられて心を病んだが、少なくとも夕緋にはいた。初対面のアルファに体を犯されただけではなく、その牙《きば》と唾液を通じて心まで固く縛りつけられたのが分かった。

「俺の、俺だけの、オメガ……」

陶酔した声と共に頬ずりされると、わずかに伸びた髭《ひげ》の感触がちくちくと頬を刺した。それにさえも官能を刺激され、まだ深く突き刺さったままの彼を締めつけてしまう。

悔しいのに、抗いきれない安堵《あんど》がある。彼の言うとおり、自分たちは出会うために生きてきたのだという気持ちもある。自覚があるから、余計に悔しい。

この安寧を良しとするなら、今までの苦労はプレリュードに過ぎなかったのか？　苦悶《くもん》さえも再び始まった律動にかき乱され、やがて真っ白な光に意識が塗り潰されて、何も分からなくなっていく。


夢を見ていた。

生まれ育った緑青ノ森町の外れだ。オメガ養護施設「みどり園」の壁に上り、眼下に広がる町を睨《にら》んでいる。

三方を山に囲まれた小さな田舎町。新幹線など夢のまた夢、車を使わなければローカル線の駅まですら行けない陸の孤島。住民の誰もが嫌になるほど顔見知りで、ひとたび小さな噂《うわさ》が立てば、あっという間に燃え広がって個人を焼き尽くす。ひたすらに閉鎖的な、大嫌いな、大嫌いな、町。

田舎町に飽きた若者、特にアルファはさっさと都会へ出てしまう。残ったベータ同士が結びつくため、必然的に町内の人口は一般的な統計より遥《はる》かにベータへと偏っていた。アルファは基本的にアルファの血筋にしか生まれないからだ。

オメガも同じく、基本的にオメガの親からしか生まれない。しかしアルファと違って、立場の弱いオメガは貧しく、逃げ出せる者は限られる。そんな彼等《かれら》の救済のために作られた養護施設であるが、その中でも夕緋は虐げられていた。同じオメガと比較しても発情期が長く、フェロモン分泌量も多かったからだ。

「夕緋よりはマシだよな」

周りのオメガたちは、決まり文句のようにその言葉を口にして笑っていた。施設を一歩出れば、彼等もベータやごく少数のアルファに馬鹿にされる。その鬱憤《うっぷん》を、より低い立場にある夕緋にぶつけて晴らしているのだ。

見た目はいかにもオメガらしい、繊細さを含んだ美貌の持ち主である夕緋だ。別段喧嘩《けんか》っぱやいというわけではない、と思っている。しかしくだらない言葉には毅然と立ち向かう誇り高さを持っていた。

とはいえ多勢に無勢、時には施設の職員まで悪乗りしてからかってくる始末。ヒエラルキーの最下層から逃れることはできず、手に職をつけられるまでの辛抱だと、唇を噛んで勉学に勤《いそ》しむしかない日々が続いていた。

そんな夕緋に唯一優しくしてくれたのが、町内には珍しいアルファである東野晴男だ。明るく爽《さわ》やかな少年は同じ高校に通う一つ年下で、特にベータの少女たちから絶大な人気を誇っていたが、アルファには珍しくモテることを鼻にかけない性格だった。そこがまた人気の秘密なのだが、本人は騒がれるのが苦手らしく、何かあるたびに夕緋のところへ逃げてくるのだ。

「あー、参った参った。毎日毎日、ウルセーのなんのって」

放課後はどこかへ遊びに行こう、としつこい少女たちを振り切った晴男は、校庭の隅に置かれたベンチに座っている夕緋の横へ腰を下ろす。ここが二人の定位置だった。

「そんなに言うなら、町を出ればいいじゃないか。緑青ノ森を出てしまえば、アルファだってもうちょっといるだろう？」

数学の参考書を片手に恒例の言葉をかければ、晴男は肩をそびやかした。

「もー、夕緋さんだって知ってるくせに。俺が出て行ったら、お袋の肩身が狭くなるッスからね」

晴男の母はベータの女性だがシングルマザーで、結婚はしていない。晴男は既婚男性のアルファとの間に産まれた、いわゆる愛人の子なのだ。

もっとも晴男の父であるアルファは正式に晴男を認知している。同居はしていないが、年に数回は面会もしており、いずれは都会にある自分の会社で働かせる心積もりもあるようだ。世間のアルファ様よりは随分とましな男と言えよう。

しかし正妻の手前、晴男の母までは連れて行けないのだという。それに反発を覚えた晴男は緑青ノ森町で職を見つけ、一生をここで過ごすつもりなのだ。

正直に言って夕緋から見れば羨《うらや》ましい部分もあるが、彼の心意気には称賛を覚えていたので、外野がとやかく言うつもりはなかった。複雑な出生ゆえにオメガである自分に優しくしてくれることも、よく分かっているからだ。

「だから夕緋さんも、ずっとこの田舎にいましょうよ。俺がちゃんと仕事を見つけたら、嫁にもらって養ってあげますから～」

「失礼だな、逆だろう？　僕が君を養うんだよ。見てろよ、君なんかより、ずっと高給取りになってやるからな」

この手の軽口も、互いがそのような対象ではないという認識ゆえだ。自分を生み出した世界を、特にアルファを憎んでいる夕緋に結婚願望は皆無。オメガであっても重宝されるような専門職の道に進んで、自らを養っていけるようになるのが夢だった。

晴男も別段女性嫌いというわけではなく、うるさく追いかけ回されるのが嫌いなだけだ。いずれは彼好みの淑《しと》やかな女性を見つけるだろう。アルファなのだからオメガの男性を選ぶ可能性もあるが、なんにせよ夕緋を嫌って遠ざけるような人でなければいいな、と淡く願う程度だった。

ささやかな平和が崩れ去ったのは半年前のことだ。いつものように放課後、校庭の隅で落ち合った二人だが、その時点で夕緋の白い頬は赤く染まり、瞳が潤んでいた。

「……夕緋さん？」

「あ、ああ……、ごめん。ちょっと、ぼうっとしていてさ。ほら、発情期だから」

数ヶ月に一度オメガに訪れる発情期は、「運命のつがい」という、絶対の対となるアルファを求めるための本能的なものだ。しかしながら発情したオメガが振りまくフェロモンは、運命のつがい以外のアルファやベータも欲情させてしまう厄介者である。まして運命のつがいそのものをおとぎ話としか思っていない夕緋にとっては、オメガ性のやるせなさを再確認させられる、最悪の期間でしかなかった。

無料で支給されている抑制剤で抑えることは可能だが、風邪の引き始めのような微熱が最中はずっと続く。おまけに夕緋の発情期は年々長く、症状が強くなっていた。どこかにいる運命のつがいとやらを引き寄せようとする、悲しい遠吠《とおぼ》えのように。

呼んだって無駄だ。運命のつがいなんて、オメガの夢物語にすぎない。アルファのオモチャにされてポイ捨てされるのがオチだ。皮肉を押し殺し、立ち上がろうとした。

「来てくれたのに悪いが、今日はもう帰ろうかな。あまりみどり園にも戻りたくないけど、周りがオメガばかりのほうが……、えっ？」

学校では晴男の存在に加え、幸か不幸か他にも標的となるオメガがいるため、危険は分散されている。逆に養護施設へ戻ると味方がいなくなる。だが、今日のこの体調ではみどり園の外にいたほうが危険な事態を引き起こすかもしれない。そう説明しようとした矢先だった。

「はれ、ぶっ」

いきなり抱きついてきた晴男の重みを受け止めきれず、夕緋はそのまま校庭に背を打ちつけた。

ふざけてじゃれ合った結果であれば、晴男はすぐに起き上がって謝って、汚れた制服の背中を払ってくれただろう。軽いジョークのつもりでも、夕緋は触られるのが大嫌いだと知っているからだ。

「ゆーひ、さん」

しかし今の晴男は夕緋の上にまたがったまま、興奮に鼻息を荒くするばかり。驚いて体を揺すってもびくともしない。人なつっこい大型犬のような振る舞いのせいで、普段はあまり感じない体格差が急速に意識された。

「ゆーひさん、いい、匂い、ですね。頭、クラクラする……」

アルファらしい秀麗さよりも爽やかな印象の強い顔が、見知らぬ雄へと歪んでいく。発情の熱がすっと引いて、入れ替わりに激しい恐怖が襲ってきた。

匂いというのは、発情フェロモンのことか。薬はちゃんと飲んでいるはずなのに。仮にフェロモンのせいだとしても、回りが早すぎる。一体どうして。

「待ってくれ、晴男。落ち着け、相手は僕だぞ？　君を養うなんて冗談を言いはしたが、本気にしたわけじゃないよな？」

震える声で、必死にいつもの軽口を叩くが、晴男の耳に届いている様子はなかった。

「もしかして、俺ら、うんめーのなんちゃらって、やつじゃ、ないですか……俺、実は前から、夕緋さんのこと、きれいだな、って……」

欲情した犬のような荒い息がその口から漏れていた。ちらちらと見える歯が夕焼けに染まり、鮮血めいて赤く光って見える。

オメガと繋がった状態のアルファが、相手のうなじを噛む。それによって両者はつがいとなり、オメガの無差別な発情こそ収まるが、その繋がりはアルファ側からは一方的に破棄できる脆《もろ》いものだ。おまけにつがいを破棄されたオメガは精神を病み、最悪の場合は自殺に追い込まれる可能性もある。

「や、やめろ、だめだ、晴男!!　僕らは運命のつがいなんかじゃ……!!」

運命のつがいとは、出会えばすぐに分かるものだという。夕緋も益体もない噂話か、昼メロ程度の知識しかないが、晴男との付き合いは何年も続いているのだ。そのような相手であれば、とっくの昔に分かっているはずだろう。

「試して、みなきゃ、わかんねーすよ。あー、いい匂い。夕緋さん、ホント、めっちゃいい匂い……」

「やめ……、やだ!! 放せ、触るな、嫌だ……!!」

必死になって晴男を押し退けようともがくが、男同士とはいえアルファとオメガだ。おまけに両者とも発情の波に呑まれている。顔を背けてキスを避けることには成功したが、代わりにべろべろと耳を舐められ、上着の前を乱暴に開かれてボタンが派手に飛び散った。

野外だ。学校の中だ。こんなところで晴男に犯されて、つがいにされてしまうのか。絶望に縮こまった喉からはついに悲鳴すら出なくなったが、代わりに別の誰かの悲鳴が耳に突き刺さった。

「きゃーっ!!」

はっとそちらを見れば、何度か顔を見た覚えのあるベータの女生徒が青い顔をしている。

「やだっ、ちょっと! 東野くん、だめだって、なんでそんなオメガを……!! だ、誰か、誰かぁ!!」

泡を食った彼女が人を呼びに行く。それによって晴男はやっと、冷静さを取り戻したようだ。

「……ごめんなさい!!　ほ、本当に、本当にごめんなさい、夕緋さん!!」

いつもの彼の顔に戻るやいなや、彼は叱《しか》られた犬の顔になって平身低頭した。上着を元に戻そうとして、一生懸命拾ってくれたボタンをとりあえず受け取る。

「い、いや、いいんだ。僕こそ、ごめん。油断していた。いつもより発情の熱がひどいと思っていたのに、抑制剤を増やさなかったから……年々ひどくなってるって、話したよな？」

土埃《つちほこり》にまみれた頭を振って、なかったことにしてしまおうと、懸命に笑ってみせる。

晴男も空気を読んで、「そう……でしたね、そういえば」と頬肉をひきつらせながら合わせてくれた。二人の間では、話はそれで終わった。

だが、外野は流してくれなかった。騒動を目撃した女生徒の口から、あっという間に噂は広まった。夕緋のやつが晴男くんを誘惑した、という形で。

そうじゃないと、晴男がどれだけ説明しても噂は収まるどころか、余計に膨らんでいった。もともと晴男狙いの少女やオメガからの評判が悪かった夕緋だ。なまじ晴男が庇《かば》えば庇うほど、彼の努力を嘲笑《あざわら》うように陰口は横行した。

学校に行けば「東野ならあっちだよ」「なー、俺じゃあだめ？」などと、聞こえよがしにからかわれる。かといって、みどり園に閉じこもれば、「やっぱり晴男とデキてんじゃん」「早く嫁にもらってもらえよ」とやっかみ混じりに揶揄《やゆ》される。

独り立ちできるようになるまで数年の我慢だ。そう自分に言い聞かせて地道に積み上げてきた努力が、心ない声に呆気《あっけ》なく蹴《け》り散らされていく。無視しよう、勉強に集中しようと思っても、晴男とくだらない話をする息抜きさえ失われてしまったのだ。夕緋は日に日に余裕をなくしていった。

ついには自殺さえも頭にチラつき始めた頃、みどり園に界命病院のパンフレットが回ってきた。天才的な腕を持つ若きアルファの外科医、雷神一。彼がオメガを差別から救う手術を完成させたという触れ込みで、あちこちの似たような施設に配られているものだという。

「フェロモン分泌腺除去手術、だって」

「これを受けるとオメガじゃなくなるって、マジ？　しかも一名無料で手術してくれるの？　すげー、チャンスじゃん」

瞳を輝かせて語るオメガも中にはいたが、大半は口だけだ。そんなうまい話などあるはずがないと、ほとんどの者が思っている。

夕緋同様、アルファにばかり都合のいい世界を憎んではいても、生まれ育った町を捨て、都会へ出て行くような度胸はないのだ。どこか遠い空の下で起こる奇跡として処理し、すぐに忘れてしまう。むしろ覚えていることのほうが苦痛を呼びさえするだろう。

だが夕緋にとってそれは、ぜひとも我が手に引き寄せたい奇跡だった。

オメガの中でも爪弾《つまはじ》きにされるような状況では、この厄介な性別と手を切る以外ないではないか。まして運命のつがい、などというファンタジーではなく、高名なアルファの医者が確立した現実に受けられる手術なのだ。

なけなしの金をかき集め、誰にも言わずに町を出た。グズグズしていたら、奇跡を受け取る権利は他の誰かに渡ってしまう。その一心で赤月市にある界命病院に辿《たど》り着き、雷との面会まではこぎ着けられた。

しかし奇跡へ続く扉の前で、にべもなく門前払いを食らわされてしまった。当初はそう思っていた。

本能が発情期を年々強く、長くしていた理由。誰彼構わず降り注ぐ奇跡ではなく、夕緋には運命が用意されていた。

「無礼は撤回しよう、山猿くん。君は実にすばらしい患者だ」

唐突に周りの景色が切り替わる。先ほどとは打って変わって、手術着姿の雷はにこやかに笑っていた。

「まさかこんな形で、公賀一族に恩を売れるとはな。さあ、お望みの手術を施してやるぞ」


目覚めると、世界が一変していた。

見開いた瞳に映るのは、またしても見知らぬ天井である。空彦に連れ込まれた高級ホテルとも似た、豪勢な作りの部屋に夕緋は寝かされていた。

ただしベッドサイドには医療器具が控え、アロマの代わりに漂うのは消毒液その他薬剤の匂い。何より夕緋の目覚めを知ってやってきた雷の存在が、ここはみどり園はもちろん、ホテルでもないと教えている。

「フン、ようやくお目覚めか」

白衣をスマートに着こなした雷の姿を、夕緋は緩慢に見上げた。アルファとしても華美な、押しつけがましいほどの美貌は偉業を成し遂げた自負に磨かれ、一層輝いている。

「丸三日も意識が戻らないとはな。特別個室の費用がどれだけ……まあいい。経費は公賀一族からたっぷり搾り取れる」

言われてみれば、ホテルと見紛《みまが》う立派な室内に寝かされているのは夕緋一人である。緑青ノ森に唯一ある病院にて、病んだオメガたちを押し込めてある大部屋とはえらい違いだ。

「気分はどうだ？　と一応聞いてやろう。私の手術は完璧《かんぺき》だが、万が一ということがある。術後の経過に問題はないし、お前の気分など正直どうでもいいが、目覚めたことを公賀の連中に連絡せねばならんからな」

さっきから何度も出てくる公賀、というのは誰だろう。夕緋をつがいにした、あの知らないアルファだろうか。

屈辱と怒りに燃え上がるはずの心と体は不思議に凪《な》いでいた。手前勝手な理由で夕緋を組み敷き、犯してつがいにした男の存在が遠い。

オメガの身に起こる最悪の事態が真に迫ってこない。

「僕、どうなったんですか」

ある予感はあった。だが、口に出して確かめずにはいられなかった。ゆるゆると上体を起こし、問いかける。

「あなたは一体、僕に何をしたんですか……？」

「決まっているだろう。お前が私に望んだ、フェロモン分泌腺除去手術を行ってやったんだ。公賀家に連なる者のつがいとして、お前はあまりにも役者不足だからな」

事もなげに雷は答えてくれた。

「ただのつがいなら、アルファが破棄すれば終わりだ。しかし運命のつがいともなると、単純に破棄すればアルファにも重篤な症状が起こる。事態を重く見た公賀家の連中に頼まれて、この私が直々に執刀し、お前のオメガ性を失わせてやったというわけさ。ま、発案者であるこの私以外に、できる手術でもないのだが……」

これみよがしに前髪をかき上げる雷自体、アルファとしてもレベルが高い。その彼を動かす力を持つ公賀一族とは、おそらくアルファばかりのエリート一族なのだろう。例の男はその一員であり、夕緋の運命のつがいだった。

虐げられたオメガたちが見る夢は本当にあったのか。じっと聞き入る夕緋の顔を、雷は嗜虐心《しぎゃく》も露わに見下ろす。

「よかったな、ただで手術してもらえて。おっと、ただではなかったか、空彦のやつに犯されたのだったな。結局体で手術代を払ったということだ。実にオメガらしい」

夕緋の肩が細かく震え始めた。それを見た雷の声は、いよいよ愉悦を帯びる。

「今のお前は第二の性を失った、聖人、というべき存在だ。公賀一族の娘のために用意した、耳触りのいい呼称だが、要するにオメガですらない、ベータとも言えない不完全な」

「先生!!」

嫌味を最後まで聞かないうちに、がばっと起き上がった夕緋は雷の手を握り締めた。耐えきれなかったからではない。その証拠に、彼の瞳は感動の涙で潤んでいる。

「先生‼　ありがとうございます‼　あなたはやっぱり天才だ‼　僕の神様だ‼」

「……なに？　おい、やめろ、放せ‼」

予想外の反応だったようだ。裏の顔を知る者には、抜け目のなさに定評のある男とも思えない愚鈍さで握手を許してしまった雷は、慌てて夕緋の手を振り払った。

失礼な態度を取られても気にならない。出会い頭の残酷な言動も水に流そう。彼のおかげで、夕緋は生まれ変わったのだから‼

「すごい！　すごいすごいすごい‼　違う、本当に全てが違う……‼」

弾んだ声を上げた夕緋は、感極まってベッドの上に立ち上がった。やめろ、立つな、と雷が注意したが聞こえない。ようやく与えられた奇跡に胸がいっぱいで、他のことは全てどうでもいい。

発情期ではなくても、いつも体の奥にあったモヤリとした重さ。直腸の奥にあったはずの子宮が、きれいさっぱりなくなっているのが感じられる。フェロモン分泌腺除去手術という名称だが、実際は分泌腺そのものだけではなく、オメガ性を形成する体組織を残らず切り取ってしまうものなのだろう。

ありがたい話だ。妊娠の可能性など欠片も残さなくていい。オメガですらない？　構わない。ずっと第二の性に振り回されてきたのだ。「聖人」となって俗世と縁を切れた、こんなにすばらしい話があろうか。

「僕は運命から解き放たれたんだ!! 自由になったんだ!! この日のために、生まれてきたんだ……!!」

異様なテンションではしゃぐ夕緋に気圧《けお》されたように、雷はしばし絶句した。

「……おい、立つのはもうやめないが、飛び跳ねるのはやめろよ? 私の執刀も縫合も完璧だが、まだ傷口が塞がりきったわけではないのだ。急に暴れると、出血する恐れが……」

彼にしては珍しく、おずおずとした口調で諫《いさ》めようとした時だった。

「雷!!」

荒い足音と共に雪崩《なだ》れ込んできた怒号に、雷は肩を竦めた。

「ようやくおでましか、公賀の御曹司」

公賀という名前で我に返った夕緋は、ベッドの上に立ったまま病室の入り口を見た。そこにいるのは確かに、ホテルで夕緋を手籠《てご》めにし、つがいにしたアルファ男性だ。妙に顔色が悪く見えるが、雷の見立ては異なるようである。

「ほう、思ったよりも元気そうじゃないか。さすがに運命のつがい持ちのオメガを手術し

たのは初めてだ。アルファの側に問題が起こるのでは、と多少は危ぶんでいたが、元つがいの手術が終わってまだ三日。現時点で走ったり怒鳴ったりできるなら問題あるまい。無事で何よりだ」

「……抜かせヤブ医者。御曹司と呼ばれるような年じゃないだろうが、お互いに」

鋭く睨みつけられても、若作りを暴かれても、雷は平然としている。

「私のほうが見た目は若いだろうが。ほれ、そのヤブ医者にしかできない、すばらしい手術の成果をとくと見るがいい」

注目が自分に集まってくるのを感じ、夕緋は慌ててベッドから降りた。夕緋の側にも特に気分の悪さや体の不調はない。裏表が激しくオメガ差別主義も甚《はなは》だしいが、雷の腕は本物である。

しかし、今来たばかりのアルファの目には、深い同情と罪悪感があった。

「都丸夕緋くん、というのだな。俺は公賀空彦。大学で生物学の教鞭《きょうべん》を執っている者だ」

やはり彼が公賀なのか。雷とのやり取りを反芻《はんすう》している夕緋に、空彦は深々と頭を下げた。

「こんなことになってしまって、本当に申し訳ない……全ては俺の責任だ」

年齢不詳気味な雷と違い、空彦は年相応の貫禄《かんろく》を備えた大人のアルファだ。着ているスーツも靴もベルトも派手でない分、いかにも高級そうだ。きっと夕緋には信じられないような値段なのだろう。

だからなんだと、以前までの夕緋であれば鼻を鳴らしたに違いなかった。大学教授のアルファ様が、山猿みたいなオメガを犯してつがいの契約を結ぶとは。学生たちに何を教えているか、分かったものじゃないですね。この程度の皮肉は口にしたはずだ。

「いえ、とんでもありません」

聖人となった今の夕緋は違う。皮肉でも嫌味でもなく、心からの微笑《ほほえ》みがその唇を綻《ほころ》ばせていた。

「途中で不如意な出来事があったのは事実です。でも、もう大丈夫です。何も問題はありません。それどころか、僕はあなたにとても感謝しています」

笑顔で、事の経緯を振り返ってみる。

「僕とあなたは運命のつがいだった。だが、僕はオメガとしても低レベルだ。そこであなたは、雷先生に頼んで、僕に手術をした」

「違う！」

激しい声が夕緋の言葉を遮った。ホテルでの自分勝手な振る舞いを彷彿《ほうふつ》とさせる勢いに、夕緋はびくっと肩を跳ねさせる。

夕緋の怯《おび》えが伝わったのだろう。苦しそうに眉根《まゆね》を寄せた空彦は、感情を抑えた口調で訂正を始めた。

「……君の言うとおり、俺たちは運命のつがいだ。一目でそうと分かった。こんなに気持ちを動かされたのは、生まれて始めてだった。だから、無体を承知で手に入れた」

夕緋の感情を無視し、もてあそぼうとしたアルファから救っておきながら、結果として彼よりひどい目に遭わせてしまったのだ。夕緋も自らの美徳も裏切った空彦は、慚愧《ざんき》に堪えない様子である。

「しかし、俺の一族は愚かな差別感情から、君を迎え入れることを拒んだ。レベル云々《うんぬん》以前に、君が……オメガだからだ」

なるほど、ある意味公賀一族も夕緋と同じ意見なのだ。運命のつがいなど絵空事。優れたアルファは優れた存在、すなわち同じアルファか、せめてベータと結ばれるべきだと考えているのだろう。

「だが俺は、君と生きていきたいと宣言した。すると連中は、どちらにしろ無理につがいにされたショックで弱っている君は、しばらく病院に預けるべきだと言い出した。そしてこいつに金を積んで、オメガ性を失わせる手術を受けさせたんだ。俺が連中の意図に気づいた時には、すでに手術が終わっていた。まだ手術例も少なく、どんな後遺症が出るかもはっきりしていないのに、すまない……」

　空彦は沈痛な面持ちで顔を伏せるが、夕緋は軽くうなずくのみだ。

「ああ、そうなんですね」

　弾《はじ》かれたように目を上げた空彦を見て、にっこり笑った。

「途中経過については構いません。手術前のことは全部、僕にとっては過去のことです」

「……過去」

　瞠目《どうもく》した空彦が半ば呆然《ぼうぜん》とつぶやく。

「君は、運命のつがいを失ったというのに、なんともないのか？　俺は、こんなに……」

　後半は声が小さすぎて夕緋の耳には届かなかった。オメガとして常に気を張っていた夕緋であれば、もっと気にしたかもしれない。

　今は違う。元運命のつがいの細かな胸中など、聖人となった夕緋には忖度《そんたく》する必要がない。純粋な感謝の念だけを口にした。

「ありがとうございます。あなたは僕を、オメガの運命から解き放ってくれたんだ。公賀さんと出会えて、本当によかった……」

　運命のつがいが、おとぎ話などではなくてよかった。心からそう思う。空彦も過去の自分のような、世界とアルファを憎む、ひねこびたオメガと縁が切れたのだ。当然喜んでくれると考えていた。

「あ、あの、どうかしましたか……？」

ところが空彦は、まったく嬉《うれ》しそうではない。それどころか、いたく傷ついているようにさえ見えた。この世界に祝福されたアルファの中でも、さらに選ばれし一族と思しき彼が、なぜそんな顔をするのだろう。

「雷先生は元気そうだとおっしゃいましたが、やっぱりアルファの側も、運命のつがいとの別れは体調に影響を及ぼすのですか……？　そういえば、運命のつがいと死に別れたりしたアルファは、オメガのように心身を病んだりするらしいですものね。公賀さんの症状はそこまでではなさそうだから、すぐにお元気になられると思いますよ」

もう二度と会うことはないだろうが、多大なる恩を受けた相手なのだ。自分などのせいでつらい目に遭わせるのは申し訳ない、と夕緋が励ますと、空彦は完全に言葉を失い、雷は耐えきれなくなったように笑い出す。

「……ククク」

「何がおかしい」

空彦がきっと睨みつけても、雷は愉快でならない、という顔をするばかりだ。

「これ以上おかしいことがあるものか！　バツイチさえも魅力的だと言われる、天下の公賀家の男が、こうもコケにされるとは……!!」

「コケになんかしていません!!」

雷も大恩人であるが、だからといって空彦をコケにした、などと誤解されるのは堪らない。夕緋は生真面目《きまじめ》な口調で持論を展開した。

「僕は公賀さんがどれほどの家柄の出なのかは知りませんが、雷先生の対応からして、相当なおうちの方なんでしょう。そんな人を惑わせてしまうなんて、オメガは本当に呪《のろ》われた性《さが》だ。誰も、幸せにしない」

土下座せんばかりに謝ってくれた晴男の面影が脳裏を過《よぎ》った。せめて自分がベータであれば、いつまでも仲の良い先輩後輩でいられたかもしれないのに。

「言うなれば、あなたもオメガの呪いから解放されたんだ。なのに、どうして、そんなに悲しそうな顔をされるんですか……?」

オメガらしい繊細さは必要なくなり、二人を結ぶ繋がりは消え失せている。そのため空彦の心境を推し量ることはできないが、彼のしてくれたことを思えば、できるだけ穏便な別れにしたかった。

「――いや。君がそんなに喜ぶのなら、俺も嬉しい」

何かを呑み込んだ顔つきで空彦はうなずいた。だが全てを諦《あきら》めたわけではなく、その目にはある決意が輝いている。

「ところで、都丸くん。君はこれから、どうするつもりなんだ？」

「え？」

後は別れの挨拶《あいさつ》でもして終わりだと思っていた夕緋は、意外な話題転換に戸惑ってしまった。

「失礼ながら、地元の養護施設を飛び出してきたことは調査済みだ。しかし現在の君は、もうオメガではない。あそこに戻ることはできないだろう」

「ええ、そうです。僕はもう、オメガじゃない」

希望に満ち満ちた瞳で、夕緋は復唱した。

「心配してくださってありがとうございます。大丈夫です。オメガではなくなった以上、どこでだって生きていけます!!」

発情期に悩まされる心配はない。万が一のことがあっても、妊娠の悪夢はあり得ない。夕緋の可能性は無限大だ。

「……もうご存じかもしれませんが、僕は地元でいろいろと悪い噂を立てられてしまったから……どのみち、緑青ノ森へ戻るつもりはなかったんです」

ストレートに手術を受けられた場合も、なんとかして職を見つけ、都会で生きていくつもりだった。ちょっとばかり迂回《うかい》してしまったが、基本ルートに変更はない。

「こう見えて体は丈夫です。学校の成績だって悪くなかった。オメガでなくなった今なら、雇ってくれるところも見つかると思うんです」

「確かになぁ」

面白そうに調子を合わせる雷をひと睨みし、空彦は切り出した。

「君さえよければ、なんだが」

慎重に前置きして話す彼は、見る者が見れば、学会で論文の発表をする時よりも遥かに緊張しているのが分かっただろう。

「君はオメガ性から自由になれた。雷の考え次第では、他のオメガたちも順次運命から自由になれるだろう」

「支払い能力によってはな」

茶々を無視し、夕緋の反応を観察しながら、肝心の提案を口に出す。

「しかし、まだこの手術を受けた者は少ない。そこでだ。しばらくの間、君の術後の経過を確認させてくれないか。その間の生活費は、もちろん俺が出す」

「え？」

目を丸くする夕緋の愛《あい》らしい反応を瞳に焼きつけながら、平静を装って続けた。

「いわば被検体のような扱いをするわけだから、その分の賃金も払う。どうだろうか。君にとっても、悪い話ではないと思うのだが」

「あ、ああ、そうか……生物学の先生とおっしゃいましたよね」

いささか唐突な提案を、夕緋は彼の職業と結びつけて呑み込もうとした。

「……まあ、普段は人間がメインではないのだが。これから勉強したいとは思っている」

咳《せき》払いしてごまかす空彦をとっくり眺め、雷は何やらしたり顔だ。

「ほーう、ほほう。なーるほど、なぁ」

「……何が言いたい」

空彦に凄《すご》まれても、雷は先ほどと同じく、飄々《ひょうひょう》とかわすのみである。

「いや、なーに。あの公賀空彦が、家族でもない人間との暮らしを自ら提案するのかと思うと、感慨深くてな」

「だから、何が言いたいんだ」

「勘違いするな、別に反対はしない。お前の言うことにも一理はあると思ってな。私の施術は完璧だが、より完璧を期すのであれば、最悪の場合くたばっても構わない、低級オメガでいろいろと実験をするというのは、いい案だ。お前のところの娘の手術はまだ残っているのだしな。こいつの経過を確認してからにすれば安全性も増す」

空彦の視線が険を増すと、雷は猫撫で声を出した。

「怒るなよ。安心しろ、私だって公賀一族の機嫌を損ねたくはない。お前だって、今後このガキに万一のことがあった場合、頼りになる主治医と喧嘩したくないだろう？」

「そうだな。支援するに値する医者かどうか、改めて値踏みするのも悪くない。うちの一族の人間を必ずオメガから自由にしてやる、と豪語して、前金までふんだくったんだ。都丸くんの身に何かが起これば、お前が嘘《うそ》つきだったかどうかが分かる」

すかさず反撃された雷は、調子に乗りすぎたかと口の端を歪めた。

「……相変わらず、口の減らん男だ。言っておくが、例の娘については事前に詳細な資料を渡されており、じっくり計画を立てる時間があった。このガキは貴様が突っ走ったせいで、ろくな用意もないまま手術に踏み切ったのだぞ？　後遺症が出る場合もあろうが、そうなれば責められるべきは私ではなく、貴様と貴様の一族の拙速だろう」

「――分かっている」

今度は空彦が痛いところを突かれた。後悔に一瞬伏せた瞳を気力で持ち上げ、夕緋に向かっては柔らかく笑いかける。

「どうだろうか、都丸くん。……経過確認をする関係上、君をあんな目に遭わせた俺と同居してもらうことになるが……」

「そ、それは……」

オメガだった過去とは訣別《けつべつ》した。そうとはいえ、自分の意思を踏みにじってつがいにしたアルファと同居できるかと言われると、さすがに即答は難しい。

困った夕緋は思わず雷を仰ぎ見た。その反応を見て、空彦は己の発言の重さを実感したようだった。

「……すまない。どうかしているな、俺は」

苦しげな息を吐いた彼は、いきなり老け込んだようでさえあった。疲れきった表情に釣り込まれ、目を見開く夕緋に微笑みかけてくれる時には元に戻っていたが。

「お詫《わ》びと言ってはなんだが、君が一人暮らしできるところを用意させよう。職を探すにも、ちゃんとした住所がなければ難しいからな。その上で、定期的に雷に診《み》てもらうとい い。性格は悪いが、腕は確かだ。特に、自分の信用がかかっていればな」

「フン」

雷が肩をそびやかす。このまま話がまとまれば、空彦に会えることは二度とないだろう。

雷とは付き合いがあるようだし、彼の一族に生まれたオメガとやらの関係で界命病院へ来ることもあろうが、空彦のほうで夕緋を避けてくれる。彼はそういう人間だ。二人が運命のつがいなどでなければ、夕緋の意志を無視して犯したりせず、別の病院へ送ってお終《しま》いだったはず。

「――だ、大丈夫です！　公賀さんは、立派な紳士だ」

自責の念を抱え込ませたまま離れたくないと思った夕緋は、咄嗟にそう言った。

「あなたのような人を惑わせてしまったのは、運命のつがいなんてもののせいです。あなたは何も、悪くない」

頭を過るのは、またしても晴男のことだ。彼は真剣に謝ってくれた。噂を訂正しようともしてくれた。結果が伴わなかったのは、この世界全体が第二の性に振り回されているからに過ぎない。

第一オメガであった時のことは、今の夕緋にとって遥か昔のことだ。空彦に無体を強《し》いられたことは事実だが、その上に現在の幸福が築かれているのだ。今となっては、感謝の念しかない。

「どうにでもなる、なんて大口を叩きましたが、当てがあるわけじゃありません。緑青ノ森から出たのも、今回が初めてですし。それに、あまり前例のない手術なら、今後のことも心配だし……何より、他のオメガたちのためになるなら、こんなに嬉しいことはない」

「……いいのか？　本当に」

自分で持ち出した話ながら、空彦は夕緋の反応をすぐには信じられないようだ。こういう人だからこそ、信じていいだろう。

「迷惑はかけないように努力しますので、どうぞよろしくお願いします」

笑って、きちんと頭を下げる。アルファにペコペコする人生など真っ平だと思っていたが、聖人となった今なら、相手が空彦なら、なんの不快感もなかった。

「……ああ」

ごくりと生唾《なまつば》を飲むのを隠し、空彦は平坦な声で相槌《あいづち》を打った。横から雷も「よかったじゃないか」と話に割り込んでくる。

「そいつがお前のところにいるのなら、私が往診してやってもいい」

「要《い》らん世話だ」

どう考えても、二人の奇妙な暮らしぶりを観察して楽しむのが目的だ。うんざり顔で却下する空彦であるが、雷の図々しい発言は続く。

「しばらく同居生活をするのであれば、互いにさんづけ、くんづけというのは堅苦しかろう。名前で呼び合うのはどうだ？」

空彦が息を呑み、夕緋も慌てて首を振る。

「そんな！　公賀さんは僕なんかより、ずっと年上ですし、そんな失礼なことはできません。もちろん僕のことは、夕緋と呼んでいただいて構いませんけど……」

「……では、夕緋、と」

小さな声で名を繰り返され、驚く夕緋の目にひどく切実な顔をした空彦が映る。

「俺のことも、空彦と呼んでくれないか？」

「え、あの……では……空彦、さん、で」

いくらなんでも、呼び捨ては無理だ。とはいえ年上の男性、それもアルファを名前で呼ぶなど初めてである。気後れを捨てきれなかったが、空彦は満足してくれたようだ。

「それでいい」

嬉しそうに笑った空彦の顔をニヤニヤと観察しながら、雷が懲りないちょっかいをかけてきた。

「私のことも神一と呼ぶか？」

「い、いえ、とんでもない！　もう勘弁してくださいッ」

もうオメガではないとはいえ、社会的地位を備えたアルファ二人に挟まれて、夕緋の許容量は限界だ。あたふたと首を振る夕緋へ雷が続けて何か言う前に、空彦が釘を刺した。

「もうそれぐらいにしておいてやれ。夕緋は大きく環境が変わったばかりなんだ。……聖人として……新しい生き方を模索していくためにも、地固めをしっかりしてやらねば」

「ほう、さすが元つがい、お優しい」

隙《すき》あらば足元を掬《すく》おうと企《たくら》む瞳を睨みつけた空彦は、ふと何かを思いついた目をした。

「お前のところの天《てん》と夕緋は年も近そうだし、いい友達になれるかもしれんからな」

「そうだな。なら、そのうち天も連れて往診に行ってやろう」

「……ああ」

望んだ反応ではなかったのか、落胆した様子を見せた空彦であるが、すぐに話題を戻してまとめに入った。

「そうと決まれば、後は準備をするだけだ。雷、夕緋の体調に問題はないんだな？　俺の家に連れて行けるのは、いつ頃の話だ」

「単純に退院できるかどうか、という話なら今から検査をして問題がなければ、一週間といったところか。一人で起き上がってベッドの上に立って、これだけペラペラしゃべれるぐらいだ。経過確認も検査も必要ないぐらいだろうが、私の信用のためにも、それぐらいは期間を置くべきだろう」

「申し訳ありません……」

やっと、みじめな人生から脱却できた。その喜びが大きすぎて、盛大に羽目を外してしまった自分が恥ずかしい。空彦に見られなかったのは幸いだったのだから、余計なことを教えないでほしい。

やっぱり空彦さんの言うとおり、性格に難がある人なんだな。恨めしく思ったのも束《つか》の間、雷は返す刀で空彦にも斬《き》りつけた。

「セックスできるかどうかという話なら、数日は様子を見たほうがいいんじゃないか？　お前たちにとっては、デリケートな話だろうからな」

「……！」

空彦が絶句し、夕緋はすぐさま食ってかかった。

「おかしなことを言わないでください！　空彦さんのような方が、もうオメガでもつがいでもない僕とセックスなんて、する必要がないでしょう!?」

「そうだな。理屈の上で言えば」

さらりと受け流した神一は、新しいオモチャを見つけた子供の顔で笑う。

「いやはや、術後の経過観察は、実に意義がありそうだ。気の毒なオメガたちのために、よろしく頼むぞ、夕緋、空彦」

「……ああ」

どの面下げて、と言いたげであったが、空彦も不承不承首肯した。

夕緋が空彦の住むマンションに移り住むことになったのは、フェロモン分泌腺除去手術より目覚めてから一ヶ月ほど後のことだった。すでに年も改まり、正月気分がゆるゆると消え始めた頃だ。

雷が皮肉ったように、夕緋の体調には目覚めた段階から特に問題はなかった。しかしながら、養護施設を脱走してきたも同然のオメガに本人の同意なしで手術を受けさせ、元運命のつがいと同居させるのだ。法律的にも道義的にもクリアすべき問題は多い。アルファたちの思惑が絡んでいる事態であっても、ある程度は日数が必要だったようである。年末ということもあって役所が動いておらず、申請関係に時間がかかったのも一因だ。

「さあ、着いたぞ」

界命病院より車で三十分。閑静《かんせい》な住宅街に入った黒塗りのハイヤーは、空彦のマンションの前で停まった。おずおずと車から降りた夕緋は、目の前にそびえ立つ偉容をあ然として見上げる。

マンション、と一言で言っても、緑青ノ森にも存在する同種の建物とはレベルが違う。赤茶けた煉瓦《れんが》のような外装の色合い以外、庶民的な要素は一切ない。夕緋の感覚だと、城か神殿か、いずれにせよ一般人が住むところとは思えなかった。

「どうした、早く来なさい」

「ぼ、僕、本当に、ここへ入っていいんですか……？　こんな、立派な……」

ホテルのようなエントランスに尻込みする夕緋を、空彦は不思議そうに見ている。

「界命病院だって立派な建物だっただろう？」

「だって、あそこは病院です！　立派なのも、当たり前ですけど……」

繰り返すが、一個人が所有するマンションに見えないのだ。感覚の違いに困惑する夕緋に、空彦は優しく説明した。

「このあたりはアルファが多く住まう高級住宅街、というやつだからな。似たようなマンションばかりだから、迷わないように」

「は、はい……肝に銘じておきます」

実のところ、ハイヤーの後部座席から過ぎ行く風景を見回している時点で夕緋は圧倒されていた。右を見ても左を見ても、競い合うように趣向を凝らした作りの高級マンションばかりで落ち着かない。

山も田んぼも、どこにも見当たらない。緑もあるにはあるが、植え込みや街路樹など、人の手で綿密に管理されているのがよく分かるものしかないのだ。高齢化と少子化で放置され、雑草に支配された段々畑の名残など、ここには存在しないのだろう。

「すごいなあ……大学の先生って、儲《もう》かるんですね」

「儲からない」

間髪を容れず否定され、驚いてしまった。

「えっ？　で、でも」

「儲かる分野もあるが、俺の学業はほとんど趣味だ。こんな暮らしができるのは、ひとえに公賀一族の直系だからさ。このあたりの土地も建物も、親戚《しんせき》連中の持ち物だからな」

空彦が連なる公賀一族のことは、事前に少し説明されていた。特に不動産業界に通じる高名なアルファ一族であり、いわゆる大地主。黙って座っていても、土地や建物の賃貸料だけで莫大《ばくだい》な収入があるのだとか。その分プライドは非常に高く、アルファの中でさえ格上と格下を厳然と区別するらしい。

「だから、何も遠慮することはない」

この手の説明は慣れているのだろう。簡潔に結んだ空彦は、革製のカード入れを取り出すと、マンションの入り口に据えつけられたコンソールにかざした。ピッと短い電子音が鳴り、硝子《ガラス》張りの扉が左右に滑っていく。

「セキュリティはこれだ。通る時には、専用のカードを通すか、インターフォンを通じて中から開けることになる。君用のカードは後で渡すから、なくさないように」

「警備員までいるんだ……」

カード認証だけではなく、扉を潜《くぐ》った先には二名の警備員まで立っているではないか。空彦の顔は見知っているのだろう、軽く頭を下げてきた。

「物騒な世の中だからな。君の外出に過剰な制限をかけるつもりはないが、大きな手術の後なんだ。急に体調を崩さないとも限らない。当面は家にいて、普通に生活ができるかどうか確認したほうがいいだろう」

「は、はい、そうします」

磨き抜かれた廊下を歩き、エレベーターへと足を踏み入れながら必死に応じる。やたらと道程がくねくねしているのだ。外に出たくなっても、一人では入り口へ戻れないかもしれない。

「大丈夫だ、俺も最初は迷った。後で地図を書いてあげよう」

「……すみません」

首を縮める夕緋に微笑んだ空彦は、やがて一つの部屋の前に辿り着いた。十階の一番端にある、いわゆる角部屋だ。

マンションの入り口とは別のセキュリティカードで扉が開き、招き入れられた中は非常に広く、日当たり良好。山の陰にあるせいで一年中じめじめとしており、立地条件も最悪のみどり園とは随分な差である。

オメガだった夕緋なら、やっかみを覚えたかもしれない。今は、いつか僕の力でこんな部屋で暮らせるようになれればいいと、素直に憧《あこが》れられた。それもこれも、空彦と雷のおかげなのだ。

ありがたさを噛み締める夕緋を連れて、空彦は豪華なソファセットを置いてもまだ余るリビングルーム、あまり使った様子の見えないダイニングキッチンを抜けて、奥にある部屋の扉を開けた。

「君の部屋はここだ。もともとゲストルームだったところを片づけただけなので、少々素っ気ないが、必要なものは揃っているはず。不足しているものがあれば、なんでも言ってくれ」

「あ、ありがとうございます」

夕緋が二人並んで寝ても余裕のありそうなベッド、大きなテレビ、濡れた艶《つや》を放つ文机の上には真新しいノートパソコン、壁一面を埋める本棚。クローゼットには当座の着替えがたっぷりと詰め込まれている。何を持ち出すのも気が引けて、ほぼ身一つで飛び出してきた夕緋に足りないものどころか、テレビの中でしか見たことのない調度品の数々が用意されていた。

「俺の部屋はこっちだ。週に三回大学の授業がある時と、長期のフィールドワークで出かけている時以外はここにいる。明日で大学の冬休みが終わるので、あまり一緒にいられなくて悪い。本当はもっと早く、君を迎えたかったのだが……」

いかにも申し訳なさそうに、そして寂しそうに言った空彦は、一つ頭を振って事務的な口調になった。

「まあ、俺がいないほうが君も気楽だろうが、とにかく何かあれば遠慮なく部屋に来てくれて構わない。ただし、集中しているとノックの音に気づかない可能性がある。三度ノックして返事がなかったら、取込中だと思ってくれ」

「はい、分かりました」

互いの連絡用にと、新品のスマートフォンも持たされている。何かあればこれを使って連絡すればいいのだ。空彦をわずらわせるのは最小限に留めたいと思いながら、しっかりとうなずいた。

「風呂《ふろ》とトイレもゲストルームには専用のものがある。共用のものもあるが、使うことはないだろう。自分の部屋は基本的には自分で管理してもらいたいが、俺も外出していることが多いのでな。掃除については三日に一度、清掃人が来るので任せていい。洗濯物はランドリーボックスに入れておけば、次の日の朝には戻ってくる。食べ物は毎日の朝、その日の分だけ届けられるが、好みに合わなければ外で食べてきても構わない。俺は君の金の使い方には一切口を挟まないので、気にせず使いなさい」

「は、はい。大事に使わせていただきます」

生活費に加え、実験体扱いに相応しい賃金は払うとの取り決めだ。ここに住まわせてもらうだけで十分のような気もするが、いずれ夕緋は独り立ちせねばならない。

特に最新鋭の電子機器の使い方や、もっと重要な金の使い方は、みっちりと学ばねばならないだろう。生きる上で最低限の持ち物しか認められなかったみどり園の生活では、どちらも縁のなかった代物だ。ほしくて堪らなかった知識だ。

「以上だ。俺も独り暮らしが長いので、まして君のような若い少年が必要とするものはよく分かっていない。何か足りないと思ったら、君の部屋の中に収まる範囲であれば遠慮なく買い足してくれ。何か質問は？」

「あ、その……質問では、ないんですが」

ここでの暮らしについては十分聞けた。世間知らずの夕緋でも、相当な好待遇だということは理解した。空彦にはいくら感謝しても足りないぐらいだ。

だからこそ、彼に言っておきたいことがあった。

「空彦さんは、あまりご自身を貶《おとし》めるべきではないと思います」

「……なに？」

「失礼ながら、僕が空彦さんの職業について儲かるんだな、なんて言ってしまった時です。大学の先生は儲からない、こんなマンションに住めるのも一族の力のおかげだっておっしゃいましたけど、逆じゃないですか。こんなマンションに住まないといけないのは、失礼ながら一族のせいなのでは……？」

こんなことを言ってしまって、怒られやしないだろうか。内心ハラハラしている夕緋だったが、空彦は黙って聞いている。

「前にも言いましたが、僕はずっと、アルファが嫌いでした。僕だけじゃない。この世界はアルファに都合が良すぎるって、憎んでいる連中はオメガにもベータにも大勢います」

第二の性に縛られることのないベータであるが、彼等を支配するのも大半がアルファだ。運命のつがいとして選ばれることもないベータは、雲の上の存在としてアルファを尊敬する一方で、神様気取りの連中と陰口を叩く者もいる。

アルファはアルファでベータを凡人と蔑《さげす》んだりするのだから、どちらが悪いとも言えない。しかし、少なくとも空彦は、ベータをひとまとめにして蔑むようなアルファには見えなかった。

「アルファはそりゃあ能力が高いけど、絶対数は少ない。特に数の多いベータに狙われでもしたら、危ない目に遭うこともあるでしょう。だから、こんな迷路みたいな作りのマンションに住んで、警備員まで置いて武装しなきゃならないんじゃないですか？」

「……アルファの中でも、どちらが優れているかを巡っての論争は後を絶たないしな」

肩を竦めて空彦はぼやいた。つまりは夕緋の指摘は的を射ているということだ。それを踏まえて、一番言いたかったことへと繋げる。

「……あなたのおかげで、オメガ性を捨てることができたからこそ、持てるようになった意見です。僕はもう、オメガだった時のことなんて、全然気にしていませんから。ですから、ご自身のおうちの中でまで、僕に気を遣うのはやめてください」

終わったことなんですから。

照れ臭そうに笑って、夕緋は自室へと入っていった。

何も言えずにその姿を見送った空彦は、無言で自分の部屋に退散し、ドアを閉めてから深々と息を吐き出す。

「聖人、か」

雷が世間体重視に作り出した単語は、なるほど今の夕緋によく似合っている。緑青ノ森での暮らしぶりについて調査させたところ、彼については「生意気」「反抗的」といった印象が多く挙げられていたが、現在の夕緋とはほど遠い。

もちろん、オメガとしても特異な存在である彼が周囲から色眼鏡《めがね》で見られていたことは考慮すべきである。雷や空彦に対しても、時に毅然と意見する夕緋だ。オメガ差別が激しい田舎町で浮いてしまい、悪いイメージで見られてしまっていたのは仕方がないだろう。

しかし今の夕緋はオメガという鎖から解き放たれている。おそらくは現状が素の性格なのだろう。生真面目で、物事のいい面を見ようとする、気遣いに長《た》けた美しい少年。

「……純粋すぎて、逆に心配になるな」

田舎の泥はすすり慣れている様子だが、都会の毒はまた種類が違う。教え導き、守ってやらねばと決意を新たにした空彦は自嘲《じちょう》に片頬を歪めた。

「一番危ないのは、俺自身か……」

分かっている。彼はもう空彦の運命のつがいではない。取り戻せない己の力不足を悔やんでいる。

夕緋は解放されて喜んでいる。

彼の形に空いた心の穴を、虚無の風が吹き抜けていく。それをどうすることもできぬまま、空彦は書きかけの論文を取り出し、妻子よりも大切だったはずの勉学の世界へ逃げ込んだ。

空彦との二人暮らしは、夕緋も驚くほどに順調だった。

「おはようございます、空彦さん」

「ああ、おはよう」

本日は空彦が大学へ講義に出向く日である。この日は早朝に届けられていた料理を夕緋が盛りつけ、二人で食事をする。同居が始まって一週間経つ頃には、こういった決まりが自然と組み上がっていた。

マンションから出ない日は幾分ラフな格好もしている空彦であるが、大学へ出向く際は出会った時のようなスーツ姿だ。下手な俳優も逃げ出しそうな男ぶりを見るたびに感心してしまう。

夕緋もオメガでなくなったとはいえ、骨格や筋肉量まで変わるわけではない。解放感から来る無邪気さによって緩和されてはいるが、生来の神経質さを含んだ美貌は変わらずだ。

空彦さんの年になっても、僕にこんな貫禄はつかないだろうな。少しばかり悔しく思いながら、カリカリに焼いたベーコンの上に目玉焼きを乗せる。焼き立てのパンやサラダなら、すでに出来合いのものが食卓の上に並んでいるが、温かいものがほしくなったのだ。

「君は料理ができるんだな」

物珍しげに手元を覗き込まれ、夕緋は謙遜《けんそん》した。

「こんなものは、料理とは言えないですけどね。よかったら、空彦さんもどうですか？」

「いいのか？　材料は、君が買ってきたものだろう」

「ええ、あなたがくれたお金で。じゃあ、これはあなたが食べてください」

澄まして笑い、もう一人分の材料を冷蔵庫から取り出す。見事なキッチンが完備されているというのに、薄々予感はしていたが、まったく使われている形跡がなかった。冷蔵庫の中にあるのも茶や酒といった飲み物ばかりだったので、散歩も兼ねて買い出しに行ってきたのだ。

「ありがたいが……いいのか？」

「気にしないでください、慣れているんです。みどり園では、持ち回りで手伝いをしていましたからね。職員の数もそんなに多くないし、独り立ちすれば必要になりますから」

しゃべりながらも機敏に手を動かし、もう一人分のベーコンと目玉焼きを焼き上げる。皿に移して空彦の向かいに腰掛け、なんの気なしに言った。

「空彦さんは、家事を全然しないんですね」

「……すまん」

目玉焼きを切り分けようとしていた手を止める空彦に、慌ててつけ足した。

「あ、責めているわけじゃないんです。しなくてもいいんですよね、アルファなんだし」

掃除も洗濯も料理も全てアウトソーシングしてくれているおかげで、夕緋もその恩恵に与《あずか》れているのだ。本業である生物学に専念するためには必要なことなのだろう。

「生物学の研究でお忙しいんでしょう？　その上に、僕の面倒まで見てくださっているんですから。家事はプロに任せるというのは一つの判断だと思います」

「――そうだな。俺は自分の興味の範疇《はんちゅう》外のことについては、とことん何もしない男だ。そのせいで、妻にもよく怒られた」

空彦は、以前雷が言っていたように離婚経験あり、いわゆるバツイチなのだという。かつてはベータの妻を持ち、一人娘にも恵まれていたが、現在は離婚して離れ離れ。娘の親権は妻に渡っているそうだ。

それを聞いた時、夕緋はフェロモン分泌腺除去手術に内定していたという少女が空彦の娘なのかと思った。だから病院へ来たのかと思ったが、そうではないらしい。空彦の娘は父と同じくアルファだが、父親を嫌っており、面会も拒み続けているという。

「あの日界命病院へ行ったのは、ただの見舞いだった。ついでに腐れ縁のヤブ医者がちゃんと手術をしてくれるよう、プレッシャーをかけておこうと思ってな。そこで君に出会ったのだから……正しく運命だったのだろうな、俺たちの出会いは」

少し寂しそうに笑った空彦は、直後にはっとした顔になった。

「いや、違うんだ、安心してくれ。俺は別に、未練を感じているわけではないんだ」

「ええ、分かっています。大丈夫ですよ、空彦さん」

同居生活が始まって一週間。時にはジョークも交えて話せるようになったのだが、特定の話題になると空彦の口は重くなる。本当に律儀なアルファだと思う反面、そろそろもっと気軽に接してほしい、とも感じ始めていた。

しばし、食器が触れ合う音だけが場を支配する。正確に言うと音を立てているのは夕緋だけだ。黙々とパンを口に運ぶ空彦は極めて静かで、静かすぎて、息苦しささえ覚えてしまう。

「でも、奥さんに娘さんか。いいなぁ」

話題を変えるべきだと思って言ってみたところ、空彦の表情が険しくなった。

「君、結婚願望があるのか？」

「ああ、いえ、そういうわけじゃあないんですけど……」

この話もまずかっただろうか？　不安を覚えつつ、説明する。

「第二の性を失った僕は、ベータの男に非常に近い存在だと思うんです。だったら、将来女性と結婚することもあるかもしれないと思って」

独りで生きていくことばかり考えていたが、オメガ性を捨てたことによって、新たな可能性も視野に入ってきた。つくづくいいことばかりだと、夕緋は頬を緩める。

「……そうだな。そういう可能性も、あるかもしれない」

空彦の声が少し下がった。

「だが、まだ手術が終わって一ヶ月だ。取り立てて問題は起こっていないようだが、相手もいることなのだし、もう少し様子を見てから考えるべきだな」

「は、はい、もちろん」

彼の不機嫌を感じ取った夕緋は、軽率な発言を恥じた。うつむく様を見て、空彦も情けなさそうに息を吐く。

「……すまない。嫌な言い方をしてしまったな」

自分にうんざりしたような声には、自責の念があふれていた。

「俺はただ……、君に迷惑をかけた分、幸せになってほしいだけなんだ。実際に女性と付き合い始めてから、こんなはずではなかったと思ってほしくない。自分が結婚に失敗しているので、つい余計な口を挟んでしまった」

「いえ、そんな」

空彦の言うとおり、相手がいることなのに、先走った考えを口に出した夕緋が悪いのだ。かえって恐縮してしまう夕緋からそっと目を逸らし、空彦は噛み締めるようにつぶやいた。

「君の幸せを願っている。それは、本当だ」

修行僧のような面持ちでつぶやくと、空彦はおもむろに腕時計へ目をやった。

「すまない、もう出る時間だな。食べかけで申し訳ないが、片づけは任せていいか？」

空彦の目の前の食事はほとんど減っていない。夕緋が譲ったベーコンも目玉焼きも大半が残ったままだ。

「ええ、もちろん。いってらっしゃい」

空彦には悪いのだが、互いに謝り合う不毛な時間が終わってくれて少しほっとしてしまった。普段は優しくて気遣いに満ちた、すばらしい紳士なのだが、何かの拍子にスイッチが入ると自戒の沼に浸り込んでしまう。

まだ僕をつがいにしたことを気にしているのか。こんなに贅沢をさせてくれているんだし、忘れてくれていいのにな。苦笑しながら、玄関まで見送ろうと立ち上がった夕緋の耳にインターフォンが鳴る音が聞こえた。

「なんだ？　こんな時間に」

眉をひそめた空彦がインターフォンの画面を覗く。そこには困惑した様子の警備員の姿があった。

高水準のセキュリティにがっちりと守られているこのマンションは、毎朝料理を届けに来る者など、所定の業者以外はインターフォンを通じて住民に話しかけることすらできない。警備員が二十四時間体制で見張っているからだ。

もちろん夕緋のように、新たに正式な住民として迎えられた者、もしくは客分として事前に連絡をしておけば問題ないが、突発的な訪問者は門前払いを食らわされる。にもかかわらず、予定もないのにインターフォンが鳴ること自体が非常事態である。

「申し訳ありません、公賀様……お客様がいらっしゃるとの連絡は受けておりませんでしたが、界命病院の雷先生が、約束があるとおっしゃっているんです」

「雷⁉」

ぎょっとしたように空彦が声を上げる。夕緋も目を見張っていると、困りきった警備員を押し退け、雷の派手な美貌がインターフォンの画面に入った。白衣から一転、黒地に赤や金の縫い取りが走った、ヴィジュアルバンドマンのような服装も似合うから恐れ入る。

『そろそろ夕緋もここの暮らしに慣れてきたところだろう？　往診に来てやったぞ』

「……ずいぶん急だな。俺はこれから講義のために出かけるんだが」

『知っている。そこを狙ってきた』

平然と言ってのけた雷の横には、整った顔立ちの美少年もいる。雷と対になるような、白地に銀糸で縫い取りされた衣装は大層可愛らしいが、何が気に食わないのか、ふて腐れたような表情を浮かべていた。

それさえも魅力的な美貌はベータとは思えない。おそらくは彼が、以前に少し話題に出たオメガ、天だろう。

『天も連れてきているんだ。今の夕緋にとって、同年代のオメガの存在がどう影響するか、興味深いと思わんか？　学者先生』

「……夕緋も天も、俺たちのモルモットじゃないんだぞ」

険のある声で釘を刺した空彦であるが、もともと天と夕緋を引き合わせたいようなことを言ったのは空彦である。

「次はちゃんと事前に連絡をしてから来い。警備員を困らせるな。また同じことをしたら、病院にクレームを入れるからな」

『分かった分かった』

ぞんざいな返事をした雷があごをしゃくる。天はやはりふて腐れた顔のまま、雷に伴われてマンションへ入ってきた。

「雷におかしなことをされたら、必ず報告しなさい。あいつに遠慮する必要はないからな」

その言葉を残し、空彦は大学へ出勤した。入れ替わりにマンションへ足を踏み入れた雷は、迷路のような道筋にもすっかり慣れた夕緋に先導され、二人が住む部屋へと足を踏み入れた。

「ふうん、さすが公賀家の持ち物だ。大層な作りだな」

「そうですよね。僕も最初、お城か何かかと思いました」

一週間前のことなのに、随分と前の話のようだ。早くも懐かしい思いがした夕緋であるが、雷たちを歓待するためにすませるべき儀式がある。

「あの、ところで、そちらが天くんですか」

「ああ、そうだ」

なんだかんだと話しかけてくる雷に受け答えしている間に、正式な紹介が終わらないいま空彦の部屋まで来てしまったのだ。いまだふて腐れた顔をしている、夕緋と同年代と思しき美少年の肩を、雷は優美なしぐさで抱き寄せた。

「紹介しよう。こいつはオメガで、私の『息子』だ」

「え？」

一瞬驚いた夕緋は、まじまじと雷と天の顔を見比べた。

「雷先生、オメガのお子様がいらしたんですか……？　ああ、だから、フェロモン分泌腺除去手術の開発をされたのか」

　空彦と近い年らしい雷だ。これぐらいの年の息子がいてもおかしくないし、息子のためにあの手術を考案したのも納得がいく。早合点しかけた夕緋に、天がぼそっと訂正した。

「……そんなわけがないだろう。先生の息子がオメガなはずあるか。実の親子じゃない。養子だよ」

「あ、ああ、そうなんだ。ごめん、立ち入ったことを」

　謝ったはいいが、何かおかしくないだろうか。雷はオメガだった夕緋を露骨に馬鹿にした。それなのに、どうしてオメガの少年を養子に迎えている？

「気にするな。他人にただならぬ関係だと思われるのもプレイの一環だ。なあ？　天」

「――ええ、そうですね、先生」

　何やら不穏な会話を交わしたと思ったら、雷は天を引き寄せ、深く唇を合わせた。目を丸くする夕緋に、にやりと笑いかける。

「こういうわけだ。ただのオメガではない、法律上とはいえ『息子』を抱くプレイというのは、なかなか面白いぞ」

　端的な説明だったが、端的だからといって呑み込みやすいわけではない。夕緋は真っ赤になって口をパクパクさせる。つまり、この二人は、背徳感の演出のために養子縁組をしているということか？

「なんだ、純情ぶって。お前だってオメガだったんだし、公賀のおっさんと、ここでよろしくやってるんだろ。俺たちとどこが違うって言うんだ」

一気にまくし立てられ、頬の熱が引いていく。うっすら感じていたことを、真正面からぶち当てられたも同然だ。

「……僕、もしかして、天くんに嫌われていますか？」

「そのようだな」

事も無げに雷が相槌を打つと、天はプイと顔を背ける。

「……オメガですらないなんて、気味が悪いんだよ」

「……なるほどね。でも、僕は君に会えて嬉しいよ。雷先生には、本当に感謝しているし」

夕緋と違って、天は養子縁組までして雷の側にいるのだ。己のオメガ性を肯定している彼が、自分を嫌うのはある意味当然と言えよう。そこに文句をつけるつもりはないし、彼の『父親』である雷への感謝は揺るがない。

「そうだぞ、天。お前は私の『息子』のくせに、愛《いと》しい父の偉業を馬鹿にするのか？」

雷が尻馬に乗ってからかい始めると、天は大仰に顔を引きつらせた。

「ち、違います！　神一先生の仕事にケチをつける気じゃ……!!」

「なら、そういう言い方はよすんだな。夕緋に謝っておけ、天。空彦に告げ口されると、私の信用に響く」

「僕は告げ口なんてしません!!」

滅相もない、と否定すると、天は形の良い唇を嫌味ったらしく歪めた。

「……だってさ、先生。こいつ、公賀のおっさんにも神一先生にもイイコぶるつもりなんだから、大丈夫ですよ」

鼻を鳴らして言い捨てた天は、勝手にリビングのソファに座ると、これみよがしにスマートフォンをいじり始めた。あからさまな態度の意図は明白で、夕緋も苦笑するしかない。

「……やっぱり嫌われちゃったかな」

「放っておけ、特別に仲良くする必要もあるまい」

『息子』の気紛《きまぐ》れぶりには慣れているのか、雷は呆気なく話を変えた。

「それはそうと、どんな調子だ？」

「僕の体のことなら、問題ありません。ここでの生活は快適すぎて、少し太ってしまったぐらいです」

もともと痩《や》せ気味だった夕緋の肉体は環境が大幅に改善されたおかげもあって、適度に体重が増え、髪や肌の艶も良くなった。心配されていたような後遺症については、なんの問題もなさそうだ。

「一応、診てはおこう。仕事をしたふりはしておかんと、本当に告げ口されてしまうからな」

うそぶいて聴診器を取り出した雷は、天の向かい側に夕緋を腰掛けさせて、シャツの前を開いて心音や腹部にある手術痕《こん》の確認をした。続いてまぶたを押し広げて眼球に光を当てたり、喉の奥を覗き込んだりと一通りのチェックを手際よく終える。

「ふむ、確かに、特に体調には問題なさそうだな。さすが私の施術だ。気分が悪い、発熱した、そういったこともないんだな？」

「はい、おかげさまで」

空彦にも毎日のように聞かれているが、まったくなんともない。あの手術が夕緋にもたらしたのは、良い変化ばかりだった。

「先生からも、空彦さんに言ってあげてくれませんか。僕は、少なくとも体調に関してはなんの問題もないって。勉強についてはまだまだですけど、これも空彦さんのおかげで、だんだん身についてきています」

空彦の助言に従い、マンションの外には近所のスーパーへ行く程度しかしていない夕緋であるが、彼が揃えてくれた電子機器をいじったり、自室にちょっとした図書館レベルで揃えられた本を読んで日々学んでいる。そろそろ遠出をしてみてもいいか、空彦に聞いてみようかと考えていた。持たせてくれたスマートフォンがあるので、何かあれば連絡もつく。

なお、パソコンの使い方については詳しい空彦であるが、スマートフォンについては電話やメールなどの基本アプリ以外を使用していないらしい。今では夕緋のほうが詳しいぐらいだ。

『やはり、こういうものは若い子のほうが圧倒的に呑み込みが早いな』

空彦は苦笑を零したが、夕緋は少しだけ嬉しかった。空彦にはもらってばかりなのだ。家事などについてもそうだが、自分にできることがあれば、少しでも何かしてあげたい。

「なるほどな。では、空彦の様子はどうだ」

「空彦さんですか？　あの人も体調に問題はなさそうですが」

「体調の話ではない。私が聞きたいのは、お前があいつをどう思っているか、だ」

奇妙な質問だが、なにせ彼はフェロモン分泌腺除去手術を開発した稀代《きだい》の医者だ。思惑あっての問いかけだろうと思い、真面目に考えた。

「そうですね。とても大人で紳士的な、理想のアルファだと思います。お仕事にも熱心でいらっしゃるし。教授としてだけではなく、公賀一族の不動産管理までしていらっしゃるなんて……」

このマンションに住めるのは一族の力だ、などと自分を卑下した空彦であるが、パソコンの使い方が分からないからと彼に教えを請うた時だ。夕緋に与えられたパソコンにインストールされていないソフトのアイコンを見つけ、これはなんですかと尋ねると、「親戚に頼まれて不動産の管理をするためのものだ」と説明された。

話している最中にそのソフトから小さなポップアップが立ち上がり、「登記」だの「居抜き」だの「家賃保証会社」などといった、不動産関係の専門用語がズラズラと並ぶ。空彦はそれを一瞥《いちべつ》し、すばやいキータッチで何事か操作して消していく。どうやらソフトを通して指示を出しているらしい。

夕緋にワープロソフトの起動とブラインドタッチを教えるかたわら、数分に一回の割合で出てくるそれに、迷いなく指示を出しては消していく。彼本人がパソコンの一部と化しているような精密さだった。

『すごいですね。いつもこんなふうに……？』

『いつもじゃないさ。朝と夕方が特別に多いだけだ。大学へ行っている時は講義に集中しているし、俺が一目で判断できる程度の仕事しか回さないように言ってある。本業の邪魔になるからな。家賃代わりのバイトみたいなものだ』

つまりは大学へ行っていない時は、毎日こんな頻度で手伝っているわけか。いくら判断が簡単につくとはいえ、延々と続くモグラ叩きのような作業を嫌がるふうもなく、ミスもせず、呼吸をするように当たり前にこなしている。これでどうして、あんなにスマートフォンの操作ができないのか、不思議なぐらいだった。

「あれが紳士的ね。言い得て妙ではある」

雷のほうは、夕緋の意図とは別の部分が引っかかったようだ。

「紳士といえば聞こえはいいが、あいつは単に人間に興味がないだけだ。アルファらしいとも言えるな。自分のしたいことしかしない。仕事に熱心なのではなく、仕事にしか熱心ではない。少なくとも、今まではな」

雷の説明で、「スマートフォンには、電話とメール以外の機能を期待していないんだ」という空彦の言葉を思い出す。可愛らしい弁解だと思っていたが、そうではなく、彼は本当に他の用途を考えたことがないのではないか。

「だから、お前との同居を言い出した時には、私も内心大いに驚いたぞ。研究と無関係な人間と話すだけでも珍しいのに、誰かと暮らすなどと……」

「……そうなんですね。じゃあ、僕に合わせてくれているのか」

「……ほほう？　たとえば、どんなふうに合わせてくれるんだ？」

きらっと目を光らせた雷に促され、夕緋はこれまでの暮らしを思い出す。

「朝食はいつも一緒に食べてくださいますし、大学へ行っていない時は昼や夜も……この間は、いかにも高そうなレストランへも連れて行ってくれました。僕の様子を観察する必要があるからだろう、と思っていましたが」

もう少しここでの暮らしに慣れたら、どこかへ遊びに連れて行ってやろう。行きたいところを考えておきなさいと優しく笑ってくれたのだが、無理をさせてしまっているようである。反省する夕緋であるが、雷は「なるほど、なるほど！」と満足そうだ。

「実に面白い喜劇だ‼　あの公賀空彦が、二十歳以上も年下の、それも元オメガのご機嫌取りとは‼」

「ご機嫌取りだなんて……」

夕緋が恐縮すればするほど、雷の表情は不敵さを増していく。

「あいつがバツイチなのは知っているだろう？　アルファの常で、私同様、放っておいても嫌になるぐらい人が寄ってくる男だが、そのせいか恋愛にあまり興味がないようでな。前妻との結婚も、公賀一族の人間としてはしかるべき時にしかるべき相手と結婚し、アルファの血を後世に残すべし、という不文律を守っただけのことだ。ベータ女のほうがあいつにベタ惚《ぼ》れでもあったしな」

「……そうなんですね」

犯された挙げ句、堕胎を強要されることも多いオメガとはなんという違いだろう。古傷が少しだけ痛んだが、オメガを脱した夕緋は被害者以外の視点も持てるようになっている。

「過ぎたるは及ばざるがごとしと言いますからね。オメガはなんでも足りませんが、アルファはなんでも与えられすぎる。だからといって中間のベータが幸せだとも言いにくいですし、難しいです」

オメガばかりが損をしているように考えていたが、アルファとの暮らしを始めてみれば、これまで見えなかった、見ようとしてこなかったものも見えてきた。そそのかす雷に気づかず、夕緋はごく自然に話の流れを変える。

「いっそ、第二の性なんてなくなってしまえばいいのに。ああ、でも、雷先生の研究がもっと進めば、そんな世界が来るかもしれないのか」

「……そうかもな。それはそうと、お前、空彦の元嫁だの娘だののことは気にならんのか」

思わぬ展開になった雷は、強引かつストレートな質問に切り替えた。

「え？　いいえ、別に。空彦さんのプライベートですし。それに結婚について話す時、あの人はいつも、つらそうな顔をされるので……」

朝食の席でのことを振り返れば、タイムリーな話題である。雷が空彦をよき家庭人だと思っていない、程度のことは今の夕緋にも伝わっていたので、この機会に少し考えを改めてほしいと思った。

「結婚している最中は、おそらくいい夫、いい父親とは言えなかったんでしょうけど……少なくとも、後悔はされていると思いますよ。僕にも失敗しないよう、よく考えるようにおっしゃいましたし」

「お前、公賀のおっさんと結婚するのか⁉」

それまで無関心を装っていた天が、頭突きでもするような勢いで割り込んできた。面食らった夕緋は困惑しながらも応じる。

「いや、しないよ。するわけがないだろう。だって、もう僕たちは、運命のつがいなんかじゃないんだから。僕が将来、誰かと結婚するかもしれないって話だよ」

婚姻関係に発展するアルファとオメガもいることはいる。第一の性別、第二の性別どちらでも、妊娠の可能性がある組み合わせなら法律上は可能だ。

しかし実例は極端に少ない上に、運命のつがいでもない自分たちにそんな未来はない。想像すること自体、空彦に失礼だろう。

「はっはっは！　愉快愉快!!　お前は本当に面白いオメガだな、夕緋。おっと、もうオメガではなかったか」

「ええ、そうです」

　実に痛快だと笑う雷の皮肉にも、夕緋は生真面目にうなずいた。

「先生、僕のデータなんか、いくらでも使ってもらって構いません。あなたの力で、過去の僕のように苦しむオメガたちを解放してあげてくださいね」

　熱意を込めて頼む夕緋に、雷は含み笑いを浮かべる。

「空彦も罪作りな男だと思っていたが、なかなかどうして、お前も相当なものだ。実に運命的な巡り合わせだな。神とやらも粋な計らいをするものだ。つまり私のことだが」

　神の名を戴《いただ》く男が愉しげに笑う様から逃れるように、天はうつむいてスマートフォンの画面を凝視していた。


　その日の夕方、いつもより少し早い時間に空彦は帰ってきた。

「お帰りなさい、空彦さん」

「ただいま」

玄関で出迎えると、空彦は微苦笑を浮かべた。

「別にいいんだぞ、毎日こんなふうに出迎えてくれなくても」

「あ、ごめんなさい……そうですよね、あまり家庭的な雰囲気は好きじゃないんですよね、空彦さんは」

雷との会話を思い返して謝罪する。馴《な》れ馴れしかったか、と反省すると、空彦は一瞬何か言いたそうな表情を浮かべたが、それを口にすることはなかった。

代わりに、幾分厳しい目つきになって不在時の状況を質問し始める。

「雷のやつは、昼過ぎには帰ったんだな」

「ええ、メールしたとおり。大丈夫ですよ、たいした話はしていませんし」

留守中に何が起こるかと心配していたのだろう。大学から空彦は「雷はいつまでいる気か、それとなく聞いてくれ。帰るように促すと余計に長居しそうなので、確認だけでいい」とメールを寄越していた。言われたとおり確認すると、「案外進展がなさそうでつまらんな。もうちょっと刺激が必要か」と言い残し、昼食を食べに行くと言って天と共に去っていったのだ。

「本当に大丈夫か？　やつに口止めされていないだろうな」

「だ、大丈夫ですって。経過確認以外は、当たり障りのない世間話しかしていません」

天に嫌われている様子なのは、迷ったがひとまず黙っていることに決めていた。あの調子では、もう二度と会わないかもしれないのだ。公賀のおっさん、と吐き捨てる声にも侮《ぶ》蔑《べつ》の響きがあったことだし、これ以上空彦をわずらわせるつもりはない。

「……天とは？」

「え？」

「天とは、何か話したか。彼と君の環境は、ある意味近く、ある意味正反対だ。互いに感じるものもあったかと思うが」

「そう、ですね……」

当の空彦から話を振られた以上、何か言わねばなるまい。少し考えた夕緋は、本人たちには聞きにくかったことを改めて確認してみた。

「あの、ところで雷先生と天くんは、背徳感を得るために親子関係を結んでいるって本当ですか……？」

「……雷が自分で言ったんだな。ああ、そうだ」

夕緋が好んで詮索《せんさく》するような内容ではない。雷が自らの悪趣味を公言するのも毎度のことなので、空彦は憂鬱《ゆううつ》な息を吐きながら認めた。

「雷も優秀なアルファだ。相当モテるんだが、一人に縛られるのが面倒、という性格でな。

天とはつがいの誓約すら結んでいない。父子《おやこ》ごっこも、そういうプレイを楽しみたいからだそうだ」

「えっ、つがいではないんですか?」

それを前提として雷たちの話を聞いていた夕緋は、驚きの声を上げてしまった。

「ああ、そうだ。ある意味親切ではあるがな。あいつが天に飽きて放り出したとしても、戸籍の操作だけですむのだから。とはいえ、……天の気持ちを思うと……」

苦く語尾を濁した空彦は、きっぱりと断言した。

「君はすっかり雷のやつに懐いているようだが、油断しないように。あれはオメガを快楽の道具としかみなしていない。すでにオメガではないとはいえ、――君は、若く美しい少年だ。発情フェロモンなどなくても、人を惹《ひ》きつける力を持っている。それを忘れるな」

「……雷先生については、そうみたいですね」

限定的に、夕緋は空彦の指摘を受け止めた。

「意地悪なところがあるのは承知しています。それでも、あの人と空彦さんがいなければ、僕は本当に誰かの快楽の道具にされるところでしたから」

感謝の念を込めて見上げれば、空彦は息苦しさでも感じたように目を伏せた。

「君は……、本当に、いい子だな……」

「それも、お二人のおかげです」

聖人に相応しい微笑みを浮かべ、夕緋は過去を振り返る。

「この間も言いましたけど、僕はずっと、世界を、アルファを、憎んでいましたから……余裕がなくて、ギスギスしていて、周りと衝突してばかりで。地元の知り合いが今の僕を見たら、あいつ丸くなったなって、びっくりすると思いますよ」

天ほど露骨ではなかった、と思いたいが、彼の放つピリピリした空気は夕緋にも大いに覚えがある。世界がオメガに優しくないのに、どうしてオメガが世界に優しくせねばならないのか。生意気だと言われようが、納得のいかないことには断固として引き下がらなかった性格の根は今も変わっていないのだ。

「衣食住足りて礼節を知るという。余裕がなければ人は荒《すさ》む。特に君のように、オメガとしてもつらい境遇にあったのなら、尚更だ」

夕緋を見つめ直す空彦の口調は、理解と労《いたわ》りに満ちている。

「君を知るために……あくまで、被検体としてだが、より深く地元での生活について調べさせてもらった。緑青ノ森のような人間関係が密な地域では、苦労も多かっただろう。その苦労がなくなった状態が素の君、というわけだ。もっと誇ってもいいと思うが」

温かな波が胸に打ち寄せる。オメガ性を失ったことで共に消えたと思っていた、古い傷にひび割れた部分まで深く満たされていく。

そんな言葉を、アルファとしても格別な存在である男から与えられる日が来るとは思わなかった。

「……空彦さんが、本当に僕の父さんだったらよかったのに……」

少し呆然としながら述べると、今度は空彦が虚を突かれたように固まった。

「……雷と天のように、か？」

「あ、い、いえ、そんなつもりじゃ！　そうじゃなくて、本当にあなたの子供として生まれたかったなって……!!」

また失敗してしまった。おろおろする夕緋を見かねたのか、空彦が話題を転じてくれる。

「君は両親の顔を知らないのだったな」

「え、ええ……オメガの養護施設にいるような子は、大抵そうですね。でも、まだいいほうですよ。オメガだって分かった途端に殺される赤ん坊だって多いし」

物心ついた時から施設にいた夕緋は、他の大勢同様、親の顔を知らない。正確な年齢も誕生日も知らない。それでも、生きているだけマシだと言われて、差別の中に押し込められていた。

夕緋はそこから脱出した。願わくば、他のオメガたちにも同じ奇跡が舞い降りますように。

「そういう子が、僕の研究を通して減るのなら、本当に嬉しいです」

きらきらと輝くような……空彦の言う、素の笑顔を見せて、礼を述べる夕緋。その顔を空彦は、何も言えずに見つめていた。


つまらない、などと言って帰ったくせに、雷は空彦の家を訪ねるのがお気に召したようだ。あれから一週間後、またしても彼は天を連れてマンションを訪ねてきた。

「検査をすませたら、さっさと帰れよ」

本日は講義がない空彦は、二人の顔を見た途端にそう言い放った。

「分かっている、分かっている」

おざなりに手を振り、雷は夕緋の検診を始める。空彦は彼の再来を快く思っていない様子だが、夕緋の体調確認を盾に取られて仕方なく承知したのだ。今回は自分が側にいる、という安心感も働いているのだろう。

一週間前と同じように、手早く基本的な検診を終えた雷は退屈そうな顔で評した。

「ふーん、進展がないいな」

「え、あの、何か悪いところでも？」

夕緋が不安げな声を出し、並んで様子を見ていた空彦も片眉を上げたが、雷は首を振る。

「いや、お前の体は健康そのものだ。お前たちの関係も、健全そのものの様子だな」

徐々に薄くなっていく手術痕以外、何かされた形跡は皆無の夕緋に服を直させると、雷は検査のための器具をしまった。

「終わったのなら帰れ」

間髪を容《い》れず空彦が退去を命じたが、雷は知らんふりである。

「今日はお前の部屋を見せろ、夕緋」

「え、ああ……、いいですか、空彦さん」

与えられている部屋は、業者はもちろん、夕緋自身も毎日掃除をして整えてある。空彦が何かの拍子に入ってきても構わないようにしてあるのだ。だから雷が来ても別にいいが、家主と彼の仲を思うと確認を取る必要性を感じた。

「……俺は別にいいが、何が目的だ？」

「単純に体の状態を確認しただけでは、分からんこともあるからな」

探るような目をする空彦の詰問を、雷は彼の専門に絡めてかわした。

「お前の好きな動物たちだってそうだろう。野生動物の生態は、自然な生活環境下で観察して初めて見えてくることも多い。そういえばお前は、最近長期のフィールドワークを軒並み蹴っているそうだな」

さり気なく持ち出された話題に、空彦はたじろいだ様子を見せた。

「え？　空彦さん……まさか、それも、僕のためじゃ」

「……興味の薄い内容だった、それだけだ。雷、夕緋を自然な生活環境下とやらで検査をしたいなら、余計な話はよせ」

「仰せのままに、公賀の冷血御曹司」

「……冷血？」

「御曹司」だの「おぼっちゃん」だのは聞き覚えがあるが、新たに追加された単語が空彦と結びつかず、夕緋は思わず復唱してしまった。雷はその反応を待っていたようだ。

「お前には甘いこの男は、昔から感情のないロボットのようだと言われていて」

「雷！」

激しい声で遮った空彦だったが、びくりとした夕緋が押し黙った途端、自制心を取り戻した。

「……いや、そうだな。それは事実だ。今も、変わっていない」

「そのようだな」

冷静にうなずいた雷が夕緋に目をやった。

「夕緋、家主の許可は取れたようだ。部屋に案内しろ」

雷の肝の据わりよう、さすがアルファである。空彦の怒声にまだ鼓膜が震えているようで、内心動揺しながら夕緋は確認した。

「いいんですか？　空彦さん……」

「……いいだろう。俺が案内してやる。来い、雷」

「仰せのままに。天は少し待っていろ」

どこまでも空彦をおちょくるのを忘れない雷に夕緋はハラハラしどおしだ。一人だけリビングで待機を命じられた天の視線が背に突き刺さるのも感じながら、夕緋は二人と共に自室まで来た。

「ああ、お前はついてくるな。夕緋が一人、自然な状態で部屋にいる姿を観察したいのだ」

続けて入室しようとした空彦の横をすり抜け、さっさと部屋に入った雷がぬけぬけと言い放った。空彦は眉間《みけん》に盛大なしわを寄せたが、夕緋が止める暇もなく回れ右して、リビングのほうに戻ってしまった。

「……雷先生、あんまり空彦さんを挑発するのはやめてもらえませんか」

一触即発の状態もまた、自然環境下とは言えないのではないか。夕緋の苦言も雷は「分かった分かった」と適当に受け流した。

「それにしても、これはこれは、溺愛《できあい》ぶりが分かるな」

何不自由なく揃えられた室内を眺め回し、雷は半ば呆《あき》れ半ば感心している様子だ。

「そうなんですよ。本当に、よくしてもらっていて……贅沢に慣れすぎないように、気をつけておかないといけないですね」

生活の全てを賄《まかな》ってもらっている上に、「被検体」としての賃金まで約束されている。勉学のかたわら、少しずつでも家事をやっているのは、いずれ生活水準を落とさねばならない日を睨んでのことでもあった。

「ここを出る日のために、か」

「そうです。僕はあくまで『被検体』ですからね」

「どうだろうな。私の知っている空彦であれば、少なくとも自分と同じ家に住まわせはしなかっただろう。お前に甘い蜜《みつ》を覚えさせて、離れられなくするように算段しているかもしれんぞ?」

含みのある言い回しの、後半はそろそろ慣れてきた類《たぐい》のものである。スルーできたが、前半はまだスルーできない。

「……あの。何度も似たようなことをおっしゃいますが、空彦さんって、そんなに冷血漢なんですか……？」

「冷たいというより、昔から温度を感じさせない男だ。前にも言っただろう？　あれは、とてつもなくアルファらしいアルファだと」

「でも、あの方は、オメガだった僕のことさえ、心ないアルファから救ってくれたんですよ。冷たい人には思えませんが」

雷にすげなくあしらわれた後、心ないアルファの餌食《えじき》になりかけていた夕緋を助けてくれたのは空彦である。直後の行動を思えば一概に称賛はできないかもしれないが、あそこで彼に出会わなければ、気紛れにつがい誓約を結ばれて捨てられていたかもしれないのだ。現在に続く奇跡は起こり得なかった。

「その話か。あいつはお前を助けたというより、自分の正義感、というか美学に従っただけだ。オメガを食い物にするアルファを嫌っていたからな」

つまりは、私のような。悪びれもせず言い添えた雷は、いきなり際どい質問を飛ばしてきた。

「ところでお前、オナニーはしているのか？」

「はぁ⁉」

「すっかり聖人でございという顔をして、私や空彦が側に寄っても性的には無反応だが、溜《た》まるものは溜まるだろう。発情期も子宮も消えたとはいえ、男としての機能は残っているはずだが？」

言葉を失っている夕緋へと、矢継ぎ早に質問は続く。

「処理はどこでしているんだ。この部屋か？」

「こ……ここですよ！　他にどこでやれって言うんです⁉」

雷の指摘どおり、夕緋の体は妊娠はせずとも妊娠させる機能は生きている。色事とは無縁の生活をしてきたとはいえ、溜めっぱなしは体に悪い。自慰による処理を行うのは当然だろう。

「空彦に手伝ってもらって？」

「そ……そんなわけないでしょう、僕一人です！」

わずかなためらいを隠すように大声を上げたおかげで、雷は気づかなかったようだ。ただし別の質問は次々と飛んできた。

「男性器だけで達するのか。後ろが疼いたりすることは？」

「しません！　僕はもうオメガじゃないんだ、後ろは疼きも濡れもしません‼」

「あまりでかい声であけすけな発言をするな。空彦に聞こえてしまうぞ。あいつの前では答えにくかろうと思って、追い払ってやったのに。そこで感じること自体は、ベータの男でも可能だ。空彦が下手くそで、まったく開発されなかったという話なら別だが」

からかわれ、夕緋はうぐ、とうなって冷静になろうと努めた。

「……そ、空彦さんに聞かせないためなら、あけすけな質問をしないでいただきたいんですが……」

後半を完全無視して言うが、雷は動じない。

「そうはいかんな。お前のオメガ性が完全に消えているのかどうか、よく確認するのが私の仕事だ」

大義名分を振りかざした雷は、ちらりと手元の腕時計に視線を落としてから、さらに踏み込んでくる。

「空彦のオナニーを手伝ったことは？」

「ありません！　あるわけがない!!」

「ここでオナニーしているのを見られたことは？」

「ありません！　そもそも、空彦さんはここに来ません!!」

顔を真っ赤にした夕緋の答えに、雷はほう、と興味深そうな反応を示した。

「あいつ、ここには来ないのか」

「そうです！　空彦さんは、僕のプライバシーを尊重してくださっているんです!!」

最初にここを使えと案内してくれて以来、空彦は夕緋の部屋に立ち入らない。顔を合わせるのはリビングなどの共通施設だけだ。いつ空彦が様子を見にきてもいいようにと、部屋の整理整頓《せいとん》を欠かさない夕緋は今回図らずも機会を得たかと思っていたが、まさかこんな展開になるとは。

「ある意味、お前を尊重した態度ではあるんだろうな」

そう言った雷が、また腕時計に目をやった直後だった。ノック抜きで扉が開いたかと思えば、意外にも戸口に立っていたのは天だった。

「夕緋、空彦が呼んでいるぜ」

「あ、あれ、空彦さんが？　分かった」

用があるなら空彦の性格上、本人が来るのではという疑問はあった。しかし、ちょうど夕緋を尊重してくれていると話をしたばかりだ。何よりこれ以上のセクシャルな質問は避けたく思っていたので、夕緋は逃げるように部屋を出た。


リビングに行くと、空彦はソファで足を組んで難しい顔をしている。折しも夕緋の部屋のほうに視線を投げた彼と目が合った。

「空彦さん、どうかしましたか？」

「夕緋、もう雷の診察は終わったのか。あいつ、君の部屋でなんの話をしたんだ？」

出会い頭に二人の質問がぶつかった。何か変だ、と思う前に、空彦の質問が雷との会話を想起させる。——空彦に手伝ってもらって？

「どうした、顔が赤いぞ。あいつ、まさか、君におかしなことを」

「いえ、その……い、医学的な、質問です。おかしなふうに取ってしまった僕が、間違いで……」

口調が曖昧になるのにはわけがある。空彦との生活を始めてから二週間が経とうとしているが、その間に数回、夕緋は自慰によって性の処理を行っていた。

それ自体は、あまり表立って言えることではないとはいえ、責められることではあるまい。問題は最中に、空彦に抱かれた時のことが頭を過るのだ。

直近かつ一番強烈な性体験である。そういう気分になれば思い出すのも無理はないと自分を納得させようとするが、やるせなさと空彦への申し訳なさが湧き上がってくるのも事実だった。

「あの、それはそうと、僕は天くんに、空彦さんがお呼びだと言われたんですけど……」

話を戻そうとした夕緋がそう口にした途端、空彦が口惜しそうに叫んだ。

「やられた！」

立ち上がった空彦が夕緋の部屋目がけて駆け出す。わけが分からぬまま、夕緋もその後を追った。

空彦の手がドアノブを握ったが、当然のように鍵《かぎ》がかかっている。オナニーする時以外には使用したことのない内鍵を使って、天と二人で人の部屋に閉じこもり、雷は何をやっているのだろうか。

「おい、雷、一体なんのつもりだ！」

何度かドアノブを握って叫んだ空彦だが、なんの返事もなかった。防音設備がしっかりしていることを、改めて実感させられた。

「やむを得ない。蹴破るぞ！」

ただならぬものを感じているのだろう。軽く助走した空彦は、普段の物静かさが嘘のような勢いで夕緋の部屋の扉を蹴った。さすがに一度では無理だったが、二度、三度と繰り返すうち、アルファの筋力にドアが負けた。

木材の悲鳴は、田舎でも都会でも同じだな。斧《おの》を入れられた木が倒れる際に裂けるのと同じ音を聞きながら、どうでもいいことを考えた。軋《きし》みながら開いたドアの向こうの光景が、あまりにも現実離れしていたからだ。

「ああ、来たのか、お前たち」

悠然とのたまう雷は夕緋のベッドに腰掛けている。

その胸に背を預けるような格好で膝《ひざ》の上に座った天は、きしきしと小刻みに揺さぶられるに任せ、甘い喘ぎを上げていた。白い衣裳を半ば脱がされた彼は、堕天使さながらの爛《ただ》れた色香を漂わせている。

「あっ、あぁ、先生、せんせ」

真っ白に漂白された意識の中、絡み合う二人の肢体だけがやけにクリアに見えた。雷が腰を揺するたび、ぐぷぐぷと卑猥《ひわい》な水音が上がる。繋がった部分はもちろん、天の性器もそそり立ち、愛するアルファに抱かれる法悦を目一杯表現していた。

「あっ、好き、そこ好き、いい、せんせ、せんせぃ、もっと、もっとぉ」

雷の突き上げに合わせ、天も腰を揺すっているのが分かる。片方だけ覗く乳首は紅く染まり、時折雷の手でつねり上げられ、さらに尖りを増していく。

抱かれているのは天であって夕緋ではない。そんなことは理解しているのに、夕緋はそっと胸元を押さえた。

自分はもうオメガではない。その意識はしっかりしているのだが、恥も外聞もなくセックスの歓びに浸る天を見ていると、ただ一度だけアルファに抱かれた記憶を思い出してしまう。

「――これはどういうつもりだ、雷!」

空彦の怒号が、他の一切の音を薙《な》ぎ払う。

夢から覚めるどころか叩き起こされた心地になり、夕緋は飛び上がった。雷の膝の上で、天まで一瞬快楽を忘れ、「あんた、こんな声出すんだ」と目を丸くしている。

「なに、夕緋だけではなく、お前まで聖人になってしまったと聞き及んでな」

怒れるアルファを目のあたりにしても、同じアルファである雷は平然としたものだ。気を逸らすな、とばかりに天の体を揺すり上げてから事態の説明を始める。

「オメガを減らすのは世界への貢献だが、アルファ、それも公賀一族のアルファを減らすのはそうではあるまい? さすがの私も悪いと思って、はっぱをかけてやっているんだ」

空彦の怒りに竦んでいた天の膝裏に手を差し入れた雷は、その足を左右に大きく開かせる。

「あっ、アァ」

眉根を寄せた天が悩ましい息を吐く。その体には深々と、雷の赤黒い肉棒が埋め込まれていた。滴る愛液に濡れそぼったソレを見せつけられて、我知らず夕緋の、そして空彦の

喉が小さく鳴る。

「ほら、見てみろ、空彦。アルファに抱かれるオメガの顔を。嫌そうに見えるか。つらそうに見えるか？　お前に抱かれている時、夕緋も同じような顔をしていただろう？」

雷の言葉は空彦に対するものだが、もちろん夕緋にも聞こえている。先ほどから頭にチラついていた空彦との一夜が、脳内で鮮明に像を結んだ。

どんな表情をしていたかは定かではないにせよ、何を感じていたかは覚えている。過去の記憶だ、僕はもうオメガじゃないと流せるはずの代物だが、ここまで挑発されては容易に受け流せない。

体の芯が熱を持つ。性的な快楽を喚起されたゆえではない。

「空彦さんを馬鹿にするな!!」

先ほどの空彦にも負けない大声で、夕緋は叫んだ。

「雷先生、いい加減にしてください。仮にもオメガの未来についての研究のためだ。僕だけのことなら我慢もしますが、これはやりすぎです。空彦さんへの侮辱だ!!」

怒りに任せ、夕緋は天の腕を引っ張って雷から引き剝がした。あまりの勢いに負けて立ち上がった彼を睨みつけ、

「天くんもだ!!　空彦さんは、天くんのことを心配していたんだぞ!!」

養子縁組までしておいて、つがいの誓約だけは交わしていない歪《いびつ》な関係。完全なるビジネスならそれでいいのだろうが、天はどう見ても雷に惚れ抜いている。そんな彼の未来を空彦は心配しているのに、と唇を噛む夕緋だが、天は逆に冷たい顔になった。

「……笑わせるなよ。今まで俺のことなんて、てんで無関心だったくせに」

衣服を乱したなまめかしい姿ながら、空彦を睨みつける目の鋭さは凄《すさ》まじい。

「運命のつがいとやらに逃げられて、やっとオメガの気持ち……いいや、他人の気持ちを思いやる気になったのか。別れた女房と娘が今のお前を見たら、どう思うだろうな!!」

はっと振り向いた夕緋の目に、言葉を失った空彦の顔が映る。彼は夕緋の視線を感じると、つらそうに顔を背けてしまった。

室内に気まずい沈黙が降る。その中で平然と身なりを整えた雷は、一人楽しげに笑った。

「いやはや、お前も苦労するなぁ、空彦」

空彦は彼を睨んだが、唇は厳しく引き結ばれたままだ。夕緋は彼を力づけたいが、現在はとにかく、過去の彼についてよく知らない夕緋が何を言っても空虚だろう。差し出口を控えていると、雷は意気揚々と追撃をかける。

「呆れるほどモテるくせに、淡泊で腹が立つと思っていたが……『運命のつがい』相手だと、こうも違うのか。もっとも、貴様らを繋ぐ運命は、もうなくなってしまったがな」

ぎくりと身を固くした空彦が、弾かれたように口を開いた。

「お前、天のことは、今後どうするつもりだ?」

「どうするもこうするも、これまでどおりだ。私が飽きるまで、コレは私のペット。最初からお互いに承知の上だ」

答え慣れているのだろう。スラスラと回答されて、空彦はかすかに顔を歪め、天は黙って目を伏せる。

「お前にも『運命のつがい』が現れたら?」

「天はお払い箱じゃないか?」

あっけらかんと、雷は応えた。アルファの傲慢《ごうまん》を詰め込んだような台詞《せりふ》に、天はもちろん、夕緋も古傷を抉られたような気持ちになった。

「そのために、つがい契約を結んでいないんだ。何かあれば円満に別れられるようにな。これもアルファの優しさだと思うが?」

空彦も似たようなことを言っていたのを思い出す。下手につがい契約など結んでしまえば、捨てられたオメガが深く傷つく可能性は上がる。だが、それを言うのなら、そもそも捨てなければいい話ではないか?

「私のことよりお前たちのことだ、空彦」

呆れたように雷は話を変える。

「経過確認とやらで縛りつけられるのは、せいぜい半年か一年そこらだろう。その後も援助ぐらいはできるだろうが、下手な真似《まね》をすると夕緋の将来を潰しかねないぞ」

「……分かっている」

苦り切った声で空彦がうなずいた。それを確認した雷は、急に興醒《きょうざ》めだという顔をして立ち上がった。

「せっかく人が気を遣ってやったのに、つまらん男のせいでつまらん空気だな。では私たちは帰るか、天。半端に煽られて苦しいだろう。帰りのハイヤーの中で可愛がってやる」

「……はい、先生」

細い声で同意した天が雷と一緒に部屋を出て行こうとする。夕緋は反射的に彼の手首を握り締めたが、振り向いた天は彼を強くねめつけて言った。

「俺たちはこれでいいんだよ。お前らと一緒にするな」

「……ごめん」

今の夕緋に、他に何が言えただろう。やるせなさに包まれ、沈黙する夕緋を痛ましそうに見やった空彦は、悠々と立ち去る雷の背に吐き捨てる。

「……この扉代は、弁償させるからな」

「ああ、言い値で請求書を送ってくるといい」

雷の余裕は崩れない。そのまま天を連れて、彼はさっさとマンションを出て行った。

曰《いわ》く言い難い空気を置き去りにして。


雷たちが去って五分経った。沈黙だけが支配するリビングの空気と吹き散らそうと、空彦が深々と息を吐く。

「……申し訳ないな、夕緋。あの馬鹿のことは……」

苦々しい声で雷のやらかしについて謝罪しようとした空彦のスマートフォンが鳴り出した。話が変わることを期待したのだろう。少しほっとした顔でディスプレイを見た空彦の顔が、再び苦くなる。

「……雷？」

電話をかけてきたのは、好き放題にやらかして去って行ったばかりの雷らしい。どういう神経をしているのかと、夕緋も呆れてしまった。

「わ、忘れ物でも、されたんですかね……？」

苦笑いするも、夕緋も話題の転換を希望している。雷が作った空気なのだから、彼が壊してくれるのが妥当だ。笑い話になることを願って相槌を打つと、今度はインターフォンが鳴り出した。

「あ、僕が出ます」

「いや、いい。俺が話をつける」

かかってきた電話を無視して、空彦がインターフォンに歩み寄る。なんらかの用事を思い出した雷が、電話と並行して取って返してきて、警備員に無理を言ったと判断したのだ。これまでのことを思えば、妥当な判断だろう。

だが、インターフォンに映っていたのは警備員でも雷でもなかった。

『お久しぶりね、あなた』

年齢は空彦と同い年ぐらいだろう。肩先まで伸びた髪をワンカールさせた、おとなしそうな容貌とは裏腹に、ぴんと伸びた背筋が印象的な女性が薄く微笑んでいる。

『公賀家のみなさんに頼まれて、久しぶりに会いにきたの。あなたと、あなたの可愛い運命のつがいとやらにね。入れてくださる？』

紹介されなくても分かった。空彦の、元妻だ。

「……すれ違うついでに、知らせてくれたというわけか」

雷からの電話の理由を悟った空彦の口から、重いため息が漏れた。

空彦の元妻は顕子《あきこ》という名前だった。リビングに通されようとした彼女は「ここでいいわ」と断って玄関に陣取り、上がり口に並んだ空彦と斜め後ろの夕緋を交互に眺めやる。当初空彦は「夕緋は関係ない」と立ち会いを拒んだが、顕子が「それだと公賀家に頼まれた要件を満たさないの」と拒むことを拒否したため、やむなくこの形となった。

「驚いた。運命のつがいって、本当にいたのね。それも、公賀の冷血御曹司に」

公賀の冷血御曹司。雷も口にした単語が、またしても繰り返された。

「……すまん」

「あら、珍しいわね、謝ってくれるなんて。やっぱり運命のつがいって、アルファにとても強い影響を与えるんだわ。しょせんベータには高望みの相手だったってことかしら」

口調の粘性は低いが、嫌味であることに違いはない。立ち会いを強要された夕緋まで胃が痛くなってきた。空彦もそれを感じ取ったようである。

「一族が君をメッセンジャーにした理由はなんだ」

「決まってるでしょう。聖人になったとはいえ、あなたが元オメガと再婚したいとか言い出さないうちに、まだマシな相手をあてがうためよ」

身も蓋《ふた》もない理由を聞かされて、空彦も夕緋も揃《そろ》って瞠目《どうもく》する。

「ご、誤解です。僕たちはただ、オメガの未来のために同居生活を送っているだけです！」

とんでもない勘違いをされていると、夕緋は青くなった。

「あの、ですが、空彦さんはあなたとの結婚生活に失敗したことを、大変後悔されています。顕子さんさえよければ、この機会に再婚を検討されてみるのもいいのではないでしょうか!!」

「ゆ、夕緋」

ここぞとばかりに力説する夕緋を見て、空彦が心底情けなさそうに眉《まゆ》を下げる。その様を見てポカンとした顕子が、数秒後に堪《たま》らず吹き出した。

「あはははは！」

上品な婦人という言葉の代名詞然とした彼女とは思えないほど、その笑い声は大きかった。夕緋はもちろん、彼女と結婚生活まで送ったはずの空彦までぎょっとして見守る中、彼女は化粧崩れしそうな勢いで笑い転げている。

「やだ、すごい、なんて面白いコント!!　公賀空彦ともあろう人が、てんで相手にされていない!!　こんなものを拝めるなんて、わざわざ来た甲斐《かい》があったわね……!!」

「――顕子!!」

空彦の怒号が響き渡る。雷に触発されたせいか、今日の彼はやけに感情豊かだ。顕子が再びポカンとする。

「……すまん」

「……ふふ、いいのよ。あなたがそんなふうに感情を剝《む》き出しにするところを見られて、面白かった」

少しだけ寂しそうに言った彼女は、すぐにさっぱりとした表情に変わった。

「心配しなくても、二度とあなたと結婚生活を送る気はありません。実はね、私、今度再婚するの」

あっけらかんと言い放たれて、空彦も夕緋も揃って目を丸くしてしまう。二人の顔を心地良さげに眺める顕子の唇には、清々《すがすが》しい笑みが浮かんでいた。

「これを言ってやろうと思って、使い走りを承知したのよ。祝福してくれる?」

「――もちろんだ」

空彦の瞳《ひとみ》にも寂しい光が過《よぎ》り、すぐに消えた。

「一族の連中には、二度とくだらん真似《まね》をしないように告げておく。君と君の選んだ人が損害を受けるようなことは決してさせないので、安心してくれ」

決然と請け合った空彦であるが、顕子は少し物足りなさそうな目をした。

「蝶子《ちょうこ》のことを聞かないのね」

それは空彦の娘の名前だろう。

「……何か問題があれば連絡してくれるだろう？」

「……そうね。あなたはやっぱり、そういう人だもの。……さよなら」

もう会うことはないだろう。その思いをありありとにじませて告げた顕子は、最後に夕緋に向かって微笑《ほほえ》みかけた。

「夕緋くん、この人のことをよろしくね」

「あっ、えっ……、は、はい」

むしろ、よろしくされているのは夕緋のほうである。そう説明するには時間が足りず、すぐさま踵《きびす》を返した顕子の背に向かって、夕緋は曖昧《あいまい》な相槌《あいづち》を打つしかなかった。


その日の夜のことである。

午前一時も過ぎた頃、夕緋は部屋を出て、そっとリビングへ行った。空彦とおやすみを言い合って、それぞれの部屋に入ってから二時間が経過している。窓から差し込む街灯り《あか》以外ない室内は薄暗いが、手でソファを探り当て、ほっとしながらその上に横になった。

まだまだ寒い日が続いているが、室内の温度は最適に保たれている。部屋から一枚毛布も持ってきたので、これをかければ寒くはない。スマートフォンの目覚ましタイマーをいつもより一時間早くセットすれば、空彦に知られることなく、自室に戻ることもできるだろう。

後は余計な妄想と縁を切って眠るだけだ。そう思っていたのに、どこからかカチャリとノブが回る音がした。

「……夕緋？　どうした」

「あ、いえっ」

慌てて起き上がっても遅い。リビングに足を踏み入れてきたのは寝間着姿の空彦である。夕緋の部屋同様、風呂《ふろ》もトイレも自室に備わっているのだから、物音に気づいて確認しに来たのだろう。

空彦のほうも、怪訝《けげん》な顔も束《つか》の間、夕緋が今夜ここにいる理由に気づいた様子だ。

「……そうか。自分の部屋で、あんな真似をされては、いづらいか」

「ええ、まあ……きれいにしてもらったのに、申し訳ないんですけど」

雷たちが帰り、顕子が去った後、間を置かず空彦は「扉の修理の見積もりを業者に依頼する。君は少し外に出ていなさい」と言ってくれた。雷に最速で請求書を叩《たた》きつけてやるのはもちろん、淫靡《いんび》な空気が漂う部屋から夕緋を解放してくれたのだ。

部屋の管理は僕の責任です。雷先生の思惑が読めなかった僕が悪いんです。そう申し出ようかとも思ったが、雷と天がいなくなったことにより、彼等《かれら》が恥ずかしげもなく睦《むつ》み合う幻影が網膜から剝《は》がれなくなっていた。顕子との一件もあり、結局空彦の言葉に甘え、近所へ買い物に行って時間を潰《つぶ》してきたのだ。

せめてもの詫《わ》びに料理でも作ろうと、食材を抱えて帰ってきた時には、ベッドは上掛けや敷布が別物に取り替えられていた。前のものは急遽《きゅうきょ》洗濯に出されたらしい。雷と天の重みを受け止め、ギシギシと淫《みだ》らな音を奏でていた時の空気など微塵《みじん》も感じられない。

ちなみに扉はノブ周りの板が裂けてしまっており、鍵《かぎ》がかからなくなっている。とはいえ開閉自体は問題なくできるし、当面あの部屋に閉じこもって自慰など行う気にはなれない。同じだけの厚みがある一枚板を探すのに時間がかかるとかで、最低でも一ヶ月はこの状態だと申し訳なさそうに言われたが、それは別にどうでもよかった。

「すまないな。俺のベッドで寝るか？　いや、俺はこっちで寝るので」

後半、やけに早口な空彦に気づかず、とんでもないと首を振る。

「そんな、いいですよ」

「マットも取り替えようかと思ったんだが、替えを置いていなくてな」

「い、いいですって。今夜一晩だけ、ここで寝かせてもらえれば、気持ちが切り替わるかと思います」

ベッドマットなど、そうそう取り替えるものではないだろう。あの二人は布団の上で行為を行っていたので、布団だけ取り替えてもらえれば十分です。そう言おうとしたことで、脳内に再び淫らな映像が浮かび上がってきた。

「……すまないな。君はようやく、オメガ性を失えたというのに」

黙り込んでいる夕緋を見下ろし、空彦は苦笑する。

「無理を言ってここへ来させたのは俺だ。経過確認は続けたく思っているが、君を苦しめてまですることではない。嫌になったなら、遠慮なく言いなさい。その場合も君への援助は続ける。今と変わらない暮らしを約束しよう」

気遣いに満ちた穏やかな声音。冷酷無比なアルファ像とはかけ離れた人だとずっと思ってきたが、雷や天、そして顕子や彼女の娘の評価は異なるようだ。

「……空彦さんは、僕には、本当に優しいですよね」

薄暗がりの中だからだろうか。思わず本音を漏らしてしまった夕緋ははっとして口元を覆った。空彦がわずかに目を見張る。

怒らせてしまったかと思った。しかし彼はやるせない微笑を口元に刻み、夕緋がかけているソファの端に腰を下ろした。本当に端っこぎりぎりに座ったので、なまじ体格がいい分、ちょこんという擬音が似合ってしまって少しおかしい。

「俺がオメガに、というか人間に優しくなかったのは本当だ」

可愛《かわい》らしい座り方とは裏腹に、その口から漏れる告白は重苦しい。

「どうせ雷に聞いているだろうが、俺が顕子と……妻と結婚したのは、彼女が家柄の良いベータの女性で、それなりに美人で頭が良く、一族に花嫁として認められたからだ。彼女は俺を愛してくれたが、俺は最後まで彼女に対し、同じ気持ちになれなかった」

空彦の妻は彼にベタ惚《ぼ》れだったと雷が告げたのを思い出す。アルファとしても高位の空彦だ。好意を持つのは当然だと思えたが、空彦のほうはそうではなかったのだと、改めて教えられた。

あなたはやっぱり、そういう人だもの。別れ際の顕子の台詞《せりふ》が耳の奥で木霊《こだま》する。妻の再婚を祝福し、その生活を保障すると約束はしても、娘については問題があれば話題に出るだろうと自ら口にしない空彦。

「だから、離婚を切り出された時も、特に引き留めなかった。結婚生活への不満は、何度も聞いていたしな。夫婦の理想像というものが、どうしても合わなかった」

おそらく空彦の元妻は、分かりやすい愛情を互いに示し合うような関係を望んだのだろう。決して贅沢《ぜいたく》な望みではないと思うが、空彦はもっと理性的な関係を望んだのだ。そのすれ違いは最後の最後まで修復されなかったようである。

「子供は可愛いと思ったが、常に側《そば》に置き、愛を注ぎたいとは思わなかった。公賀の家の人間として相応《ふさわ》しく成長してくれればいい。そのための投資は惜しまなかったつもりだが、娘は俺を嫌い、母を選んで去っていった」

「……お子さんは大抵、お母さんのほうが好きだそうですから」

「……ちゃんと分かりやすい愛情を注いでくれるからな」

慰めのつもりが、あまり慰めにならなかったようだ。空彦の瞳を苦い影が過った。

「娘に選ばれなかったことを少し寂しくは思えど、そこまでつらいとは感じなかった。娘とはいえ、俺と彼女は別々の個人だ。俺の側にいたくないと言うのなら、仕方がない」

「それがあなたの、愛し方なんでしょう」

妻や娘の求めとは違うだろうが、空彦の発言にまるで愛情がないとは、夕緋には思えなかった。

「子孫を残すための縁組みなら、娘さんはあなたの手元に残すようにという声も大きかったんじゃないですか。奥さんと娘さんの意思を尊重し、離れたんでしょう？」

離婚してしまえば元妻は一族の人間ではない。しかしながら、生まれた娘は一族の人間。しかもアルファだ。公賀家で育てるべきだと騒ぐ親戚《しんせき》は絶対にいただろう。晴男も以前、似たようなことを言ってボヤいていたのを思い出す。

熱意を込めて訴えると、空彦は面食らったように瞳を見張った。大きな反応が気恥ずかしく、夕緋は赤くなってうつむいてしまう。

「す、すみません。詳しい事情を知っているわけでもないのに、出すぎたことを……」

「……いや」

ふ、と小さく笑った空彦の表情が和む。しかしどこか、その表情には痛みが混じっていた。

「優しいのは君だ、夕緋。君はいつも、俺をすばらしいアルファとして見てくれる。……見ようとしてくれる」

衣擦《きぬず》れの音がかすかに響く。ソファの端ぎりぎりに座っていたはずの空彦との距離が、いつの間にかじりじりと縮まってきていた。

「君と出会ったことで俺は、これまでの行いの罰を受けている気分になる。愛する相手から、同じだけの愛を返してもらえない。それが、こんなにつらいことだとは思わなかった」

今度は夕緋が目を見開く番だ。思わず逆側へ逃げてしまったが、その軌跡を追うように空彦の手が伸びてきた。乾いて温かな指が、強く腕に食い込む。

雷に抱かれていた天の蕩《とろ》けた表情が頭を過った。この人をよろしく、と笑った顕子の顔も。

違う。僕らは、そんなのじゃない。とんでもないと夕緋は首を振るが、空彦の意見はやや異なるようだ。

「君は俺のことを優しい男だと思ってくれているようだが、必死でそう見せかけているだけだ。……なあ、俺たちがどんなふうに知り合ったか、君はもう本当に、全《すべ》て忘れてしまったのか……？」

いつしか二人の間の距離は消えている。空彦は夕緋に半ば覆い被《かぶ》さり、何かを探すように瞳を覗《のぞ》き込んでいた。

蘇《よみがえ》るのは、ホテルでの一夜だ。互いのフェロモンに包まれて、半ば忘我の域で愛し合った。愛し合った、のだ。嫌だ、やめろと口で言いはしたが、夕緋の側にも己のアルファを求める欲望が確かにあった。

今、少なくとも夕緋の側には彼を性的な意味で求める気持ちはない。鼻先をくすぐるのも自然分泌されたフェロモンではなく、人工的な加工物の香りだ。

「空彦さん、よ、酔っていますか……？」

この距離まで近づけば、荒い呼気にアルコールが混じっているのが分かる。冷蔵庫に置いてあるので晩酌ぐらいするのだろう、とは思っていたが、彼が家で酒を飲むところを見たことがなかった。今日も部屋で一人、静かに杯を傾けていたのだろう。

「……すまない。俺まで、雷たちに当てられてしまっているな。こんな男に父親面をされては、蝶子も迷惑だろう……」

自嘲《じちょう》に頬《ほお》を歪《ゆが》めた彼が起き上がる。酒の匂《にお》いが遠のき、その気配が離れていくと、夕緋は自分の体がひどく強張《こわば》っていることに気づいた。見上げた空彦の横顔も張り詰めて冷たい。

「もう休む。おやすみ」

感情のない声で言った彼の姿が闇《やみ》に紛《まぎ》れて消えていく。その妻が、娘が見ていた空彦は、いつもこんな調子だったのかもしれない。

「……は、い。おやすみなさい」

空彦の部屋の扉が開いて閉まる音がしてから、やっと返事ができた。閉じこもることができないリビングで眠るのが少し怖くなったが、自室も鍵が壊れていると思い出す。わずかな逡巡《しゅんじゅん》の後、夕緋は再びソファに身を横たえ、毛布をかき寄せて目を閉じた。

どうして今夜、空彦は酒を飲んでいたのか。飲まずにはいられない夜は、もっと前からあったのではないか。それを考えてはいけない気がしていた。

翌日の空彦はいつもと変わりない様子だった。酒の匂いもせず、行動にもおかしな点はない。大抵のアルファは酒に強いが、彼も例外ではないようである。

雷先生が変なことをするからだ。元奥さんが急に来て、再婚話なんかするからだ。夕緋もそう結論づけて忘れることにした。これまでどおり自分の部屋で眠る時も、雷たちのことも、顎子のことも……、酔いとそれ以外の何かに濁った空彦の瞳のことも考えない。

そうして一週間余りが過ぎた夕食の席でのこと。二人はいつものように、夕緋が今日一日で、どれぐらい勉強をしたかという話をしていた。

「今日は近くの図書館に行ってきました。空彦さんの本も、ちゃんと置いてありましたよ」

「それは光栄だな」

夕緋が作った味噌《みそ》汁を飲みながら、空彦が穏やかに笑う。食事の基本が出来合いの品であることに変わりはないが、そこに一品温かい家庭料理を足すことが夕緋の日課になっていた。

「恥ずかしながら、僕にはちょっと内容が高度すぎて、よく分かりませんでしたが」

「気にしないでくれ、俺の生徒たちにもそう言われる。嚙《か》み砕いた書き方、というのが苦手でな」

確かに図書館で見た本は非常に専門的な内容で、読んでも読んでも頭に入ってこない代物ではあった。日本語が破綻《はたん》しているという意味ではない。前提条件とされている知識があまりにも多いからだ。

「で、ですけど、空彦さんの教え方はとても上手だと思います。パソコンも、おかげさまでだいぶ使えるようになりましたし……」

「それは君が勉強熱心で吞《の》み込みがいいからだ。中級者以上に教えるのは楽なんだが、基本的なことを知らない相手はやりにくい。……こういうところが、アルファの傲慢《ごうまん》なのだろうな」

苦笑いする空彦の目が、先日の夜見たものに重なって見えた。話題を変える必要性を感じた夕緋は、図書館で得た他の記憶を手繰った。

「あ、そういえば、図書館に雷先生のポスターが貼《は》ってありましたよ。あの方も本を出版されるんですね。まるで映画俳優みたいで、やっぱりすごい人なんだなって……」

途端、気まずい空気が食卓を支配する。

先日の件で懲りたのか、はたまた空彦に釘《くぎ》を刺されたのか、この一週間というもの雷からはなんの音沙汰《さた》もない。顕子襲来を教えてくれようとしたことを割り引いても、随分な真似をしてくれたのだから当然だろうが。

体調には問題がないため往診の必要はないだろう。何よりまだ、彼の話題は今のように心臓に悪い効果をもたらす。

ここからどう話を変えようか。眉根を寄せて悩む夕緋を見やり、空彦が居住まいを正した。

「夕緋、一つ提案があるんだが」

「は、はい、なんでしょう！」

ぴんと背筋を伸ばして身構えると、空彦は意外な提案をしてきた。

「今度、緑青ノ森に行ってみないか」

雷の件などのゴタゴタで、すっかり意識の外へ追いやられていた故郷の名前。オメガ性と訣別《けつべつ》したと同時に過去の遺物となった町の名が、一瞬で口の中を干上がらせた。

「……僕を、あそこに戻すおつもりですか……？」

ここでの生活について、表面上はうまくいっているようでも、水面下で不協和音が響き始めているのは理解している。酒の匂いはしなくても、回収されていくゴミの中に酒類の空き缶が目立ち始めていることも。やはり空彦は、この同居生活を解消したがっているのだろうか。

「経過観察が終わりだとおっしゃるなら、すぐにでも出て行きます。でも、あそこへ戻るのは」

「いや、違うんだ。そういうわけじゃない」

夕緋の早とちりに気づいた空彦は静かに首を振った。

「経過観察はもう少し続けたい。ただ、現状を見る限り、君は心身共にすこぶる落ち着いた状態にある。ここでの暮らしにも慣れたようだ。ここいらでもう一歩、踏み込んでみるべきではないかと思ってな」

夕緋の見た目はいかにもオメガらしく、根っこの差別は田舎でも都会でも変わらないとはいえ、このマンションの住人となった段階から「聖人」である。今までのところ、露骨な差別を受けた覚えはなかった。

そこで町中の人間が夕緋がオメガであることを知っており、かつオメガとしても劣位であると考えられている緑青ノ森へ戻り、反応を見る。経過観察としては筋が通っているが、どうしても気後れを覚えてしまう。

「安心してほしい。せいぜい数日の滞在にするつもりだし、俺もついて行く。君がオメガではなくなったことは、俺からきちんと町の人々に話す。無論……、君と俺が『運命のつがい』だったとか、余計なことは言わない」

一人で放り出したりはしないと、空彦は説明をつけ加えた。

「都丸夕緋は界命病院で手術を受け、聖人となった。まだ術例の少ない手術なので、術後の状況の確認をするため、俺が付き添っている。このあたりを最初に話しておけば、いずれ君が故郷に戻りたくなった時、役に立つのではないかと思う」

最後にただの経過観察とは違う情報が加わった。戸惑《とまど》いが顔に出たのだろう。空彦の表情が普段よりさらに保護者、もしくは教育者めいたものになる。

「君は若い。今は地元への不快な記憶が強く、全てを捨てて生まれ変わりたいと思っているかもしれないが、俺ぐらいの年になれば考えが変わっているかもしれない。一つの可能性を残しておくために、顔を見せておくべきではないかと思う」

人生の先輩として、彼が言わんとしていることは理解できる。夕緋が彼の年になった時に、かつての故郷を懐かしみ、帰りたいとまでは言わないが、様子を見に行きたい程度の気持ちは抱くかもしれない。別れた妻子のことを、きっと忘れてはいない空彦のように。

「……そうですね。いつまでも、空彦さんにお世話になるわけにもいかないし」

だが今の夕緋には、やんわりとした拒絶のほうを感じさせる言葉だった。

「……そうだな。いつまでも、君を拘束しているわけにはいかない」

空彦もポツリと相槌を打ち、それきり会話は途絶えた。

微妙な空気の中で夕食は終わり、それぞれの部屋に引き上げる。勉強をするか、着替えるか。何かしなければならないと思うのに、夕緋はベッドに寝転がってしまった。

「ここで暮らせる時間は限られているんだ。ちゃんとしなきゃ、いけないのに……」

理性が忠告しても、四肢は萎《な》えたように動かない。分かっていたはずなのに、いずれ来る空彦との別れが、急にひどく寂しいものに感じられてならなかった。

「……馬鹿だな、夕緋。僕らはもう、『運命のつがい』じゃないんだ。そもそも、今生の別れになるわけじゃない。僕の今後の人生は、空彦さんにとっても貴重なサンプルなんだから……」

何をウジウジしているのか、馬鹿らしい。そうは思えど手足に力が入らず、なかなか起き上がることができなかった。


車窓の向こうに流れていく景色から、次第に背の高いビルが消えていく。建売住宅も消え、古びた民家が消え、やがて建物自体がまばらになって山々に埋め尽くされていく。

「このあたりは本当に山ばかりだな」

列車の向かい席に腰掛けた空彦がつぶやくのを聞いて、夕緋は恥ずかしさに薄く頰を染めた。

「そ、そうなんですよ。空彦さんには、つまらない景色だと思いますが……」

「いや、興味深い。こういうところには固有種もいそうだ」

流れる景色に視線を固定したまま応じる空彦の声は弾んでいる。世辞としてはいささか一般的ではない内容であることも含め、本気で喜んでいるのが感じられた。

「そうか。生物学の先生なら、楽しめる環境かもしれませんね」

少し緊張が解けた夕緋は、どこからか資料束を取り出し、熱心に眺め始めた空彦を見つめて微笑んだ。

空彦が勤める大学で春休みが始まった。それに合わせ、二人は以前話題に上がったように、夕緋の故郷である緑青ノ森町を訪れようとしていた。

飛行機も新幹線も直通便はない。ローカル線、それもかなり本数が限られたものを乗り継いだ上で、さらに車も使わねば容易に辿《たど》り着けない場所だ。空彦も詳しい経路を把握していなかったようで、いざスケジュールを立てようという段階になって、「すまない、俺の見通しが甘かった。移動日をもう一日入れないといけないな」と言い出した。

恐縮しきった夕緋は自分でスケジュールを立てようとした。せっかく使えるようになったインターネットを駆使して、初めて界命病院へ行った時よりも安い経路を算出したのだが、値段ばかりに気を取られすぎた。夜行バスなどを用いた強行スケジュールを見た空彦は苦笑いして、「申し訳ないが、俺には年若い君のような体力がないんだ。金はあるので心配しないでくれ」と余計な気を遣わせてしまった。

出発前からこの調子だ。いっそ何か突発的な事態でも起こって、中止にならないだろうか。ひそかに願っていた夕緋だったが、鈍行でも電車は堅実に進んでいる。この調子なら予定どおり、夕方には緑青ノ森に着くだろう。

ガタンゴトンと揺れる電車は眠気を誘うものであるはずなのに、神経をやすりがけされているように感じる。心臓の拍動が速すぎて胸が痛い。

「……大丈夫。僕は、もうオメガじゃないんだ」

自分に言い聞かせようとするが、なかなか胸のざわめきが静まらない。まだ到着する前だというのに、こんな調子で保《も》つだろうか。次第に見慣れた景色へと近づいていく車窓を横目に、夕緋は浅いため息をついた。

一番近くの駅からタクシーを使い、辿り着いた緑青ノ森町は夕焼けに包まれつつあった。郷愁と嫌悪がない交ぜになって襲ってくる。町外れにあるオメガ養護施設「みどり園」を抜け出し、界命病院を目指してからまだ二ヶ月余り。懐かしさを覚えるには短い日数であるにもかかわらず、不覚にも胸がいっぱいになった。

「行こう、夕緋。迎えが来ているはずだ」

「あ、は、はい！」

魅入《みい》られたように町並みを見つめていた夕緋は、空彦にやんわりと催促されて我に返った。二人が来ることはみどり園の園長や町長といったお偉方に連絡してある。町長の顔は覚えていないが、園長らしき人影を含めた数人が町の入り口に立った夕緋たちに近づいてきた。

「あなたが公賀空彦さんですか」

「公賀一族の名前は、この辺鄙《へんぴ》な田舎町にも届いております！　このたびは、都丸くんを保護した上に大変な手術まで受けさせてくださって、誠にありがとうございました!!」

スーツに身を包んだお歴々たちはいずれもベータであり、かつ全開の笑顔だ。夕緋を見るたびに片頬を歪め、嫌な笑い方をするのが癖だった初老の園長など、顔中をくしゃくしゃにしてしまいそうなぐらいに親しげな笑みを浮かべている。

フェロモン分泌腺《せん》除去手術終了直後より、空彦のところで厄介になっている話は通してあると聞いていた。具体的な説明内容は不明ながら、この歓待ぶりを見るに悪い印象は持たれていないようでホッとする。たとえ彼等の目当てが、高名なアルファ一族の歓心を得ることであってもだ。

出会い頭に殴られることも覚悟していた夕緋である。少し肩の力が抜けたところで、件《くだん》の園長が笑顔で話しかけてきた。

「都丸くん、お帰り。いろいろと話は聞いている。大変だったようだな」

こんなに穏やかな声で話しかけられたのは初めてではないだろうか。自分は逃亡した身であるのに、当惑する夕緋に、彼は笑顔で続けた。

「でも、よかったじゃないか、オメガではなくなって。確かに君は、以前と違う。この時期の君は発情期で、毎年つらそうな顔をしていたが、今はなんともなさそうだ。抑制剤の効果ではあるまい？」

「――ええ、本当に！」

右から左へ抜けていた言葉が、突然しっかりと心に響いた。園長が言うように、オメガだった頃であればこの時期は発情期の最中。緑青ノ森へ戻ること自体に頭がいっぱいだったせいもあるが、発情期のことをまるで意識せずにすんでいたのは例の手術のおかげだ。

「そうです。僕はもう、オメガなんかじゃない。昔の僕とは違うんです!!」

空彦たちと違って、園長はみじめなオメガだった夕緋をよく知っている。そんな人から見ても、過去との差は歴然なのか。あまりにもそれが嬉《うれ》しくて、手術を受けたての時のように夕緋のテンションは跳ね上がった。

「あ、ああ、そうだな、違う。昔の君ならば、そんなふうに無邪気に喜んだりしなかっただろう」

意外な反応に少し引いてしまった園長であるが、ややあって後ろめたそうな目配せをしてきた。町長と話している空彦をちらりと見て、

「……その、過去の君に少しばかり、当たりが強かったことは自覚している。ただね、私にはみどり園を預かるものとして、面倒を起こさないという義務があるんだ。君はオメガとしても扱いに慎重を要する体質の持ち主だった。だから……ほら、分かるだろう？」

「ええ、もちろんです。僕は過去と訣別しました。以前のことは全部忘れますよ」

にこにこと夕緋は応じた。来るまでは一秒ごとに心臓を絞られるような思いだったが、杞憂《きゆう》に過ぎなかったようだ。やはり性格に難はあれど、雷は優秀な医者であり、空彦と出会った運命に間違いはなかったのだ！

「失礼」

と、盛り上がる夕緋に反し、凍《い》てつく風のような声が聞こえてきた。

「面倒がどうとか聞こえましたが、夕緋が何かご面倒をかけましたか」

いつの間にか町長との会話を切り上げた空彦である。慇懃《いんぎん》無礼《ぶれい》な言葉で斬《き》りつけられた園長は飛び上がらんばかりだ。

「え、いいえ、滅相もありません!! 今の夕緋くんはとても素直で、すばらしい子です!!」

「……『今の』、ね。そうですか」

物言いたげにした空彦であるが、肝心の夕緋が特に何も感じていない様子であるため、ため息をついて追及の手を止めた。

「ところで、我々は長時間の移動で少し疲れました。恐れ入りますが、まずは今夜の宿へ向かいたいと思います」

「ああ、これはこれは、失礼しました。さあ、こちらへ！」

耳をそばだてていた町長が案内を買って出る。空彦は特に伝えてはいないが、今夜の宿で筒抜けだ。なぜかといえば、この町には他に泊まる場所がないからである。

「わあ、町のホテルに泊まるのは初めてです」

町を入ってすぐにあるホテルに向かいながら、夕緋ははしゃいだ声を上げる。その横で空彦はため息を押し殺していた。

ホテルに荷物を置いた後、二人が向かったのは夕緋が逃げ出したオメガ養護施設、みどり園である。

「……本当に、いいんだな？　夕緋」

「え、何がですか？」

一緒に乗ろうとする町長たちを断り、二人になったタクシーの後部座席にて、隣に座った空彦が問いかけてきた。

「養護施設に行くことが、だ。失礼ながら、君が周りのオメガたちにも心ない扱いを受けていたことは調べてある。まして君は施設を逃亡した身。そして一人だけ、オメガ性を捨てることができた身である。ひどいことを言われる可能性はあるぞ」

「それは……」

言われてみればそのとおりだ。以前と違う、と言われたことで、浮き立っていた心が凪《な》いでいく。

ただし、以前のように自己嫌悪と自己憐憫《れんびん》の重しによって、水底まで沈んだりはしないのだ。

「いいえ、大丈夫です。確かに今の僕は、裏切り者のように見えるかもしれません。ですが、もともと他のみんなだって、フェロモン分泌腺除去手術には希望を持っていたんだ。奇跡を実際に叶《かな》えただけじゃなく、後続のみんなのためにも被検体として過ごしていると知ったら、分かってくれると思うんです！」

　自分だけ聖人になって終わりではない。そうでなければ空彦に負担をかけながら同居生活を送ることなどなかった。ここまで彼を付き合わせることもなかったのだ。

「それに、空彦さんがいてくださいますから。あなたはすばらしいアルファだ。空彦さんが側にいてくれれば、町の人たちもあまり失礼なことも言えないと思いますよ」

「……そうだな。君のことは、俺が守る」

　何か言いたげな表情ながら、空彦もそれで引き下がった。

　みどり園までは、ホテルからタクシーで十五分ほどである。話している間に目的の建物が見えてきた。内部の人間が自分にどう接するかというよりも、この古ぼけた施設を空彦に見られるほうが少し恥ずかしく感じてしまう夕緋だった。

「あの、珍しい虫なんかはいるかもしれませんが、何分田舎の、それもオメガ用の建物ですから、あまり期待はしないでくださいね……？」

さっきホテルに入った際も、色褪《いろあ》せた壁紙や靴跡が染みついた床が気恥ずかしくてならなかった。緑青ノ森しか知らなかった時には憧《あこが》れの念すら抱いていた場所なのに、空彦のマンションに慣れた今では、どうしてもみすぼらしさが目についたのだ。まして、これから行くのは緑青ノ森の中でも古色蒼然《そうぜん》としたオメガ養護施設である。

「俺はこれでも、南米の森の中に作った監視小屋で二ヶ月過ごしたこともあるのでな。あまり気を遣わないでくれ」

夕緋の気後れの理由を読み取った空彦が、逆に気を遣ってくれる。

「君には嫌なところばかり目につく町だろうが、俺にとっては君が生まれ育った場所だ。ありのままを見学することができれば嬉しい」

そこまで言ったところで、咳《せき》払いしてつけ足した。

「……その、君の生育環境を知ることも、研究には大事だからな。どんな生物も環境に適応して進化しているのだから……」

「……ありがとうございます」

本当に優しい人だ。そう口に出すには、まだ以前のやり取りの傷が少しだけ残っている。シンプルな感謝の言葉だけ口にした夕緋は、意を決してタクシーから降りた。

町長と園長の乗ったタクシーは先に到着している。みどり園の前には彼等お偉方と一緒に、大勢のオメガの少年少女が好奇心を剝き出しにして待ち受けていた。

「夕緋！」

「夕緋だ!!」

授業が短い小学生以下はとにかく、中学生や高校生の春休みはまだ先だ。この時間なら部活に勤《いそ》しんでいる者も多いと踏んでいたが甘かったようだ。そもそもオメガはどこでも煙たがられるので、夕緋のように最初から帰宅部であったり、入ったはいいが馴染《なじ》めずに退部する者が大半なのであるが。

「……やあ、みんな。久しぶり」

ここまで来てしまったのだ。今さら引き返すことはできない。そんなことをすれば、金と時間をかけてここまで来てくれた空彦に、また迷惑をかけてしまう。顔見知りのオメガたちと手入れの悪い地面に生えた雑草の中間あたりを見つめて、夕緋はこわごわと挨拶《あいさつ》をした。

それが合図となった。

興奮したオメガたちがわっと押し寄せてくる。反射的に空彦がぐいっと夕緋の腕を取り、背中に庇《かば》い込んだが、なにせ相手の数が多い。園長たちが「やめなさい！」「公賀様の前だぞ!!」と叫ぶが、奇跡の具現に心奪われた子供たちには通じなかった。

「夕緋！　お前、すごいな！　オメガじゃなくなったんだって!?」

「確かに、なんか前と感じが違うよ。丸くなったっていうか、柔らかくなったっていうか……」

「いなくなった時は驚いたけど、本当に手術を受けてくるなんて……！　すごいよ夕緋!!　あんたは、あたしたちオメガの希望だよ!!」

基本的にはおとなしく、あまり強く感情を出さないオメガたちが口々に放つ感動と興奮。そのいずれも勢いこそ強いが、不快なものではない。彼等が夕緋を見る目ときたら、下手なアイドル相手以上ではないか。

最初は強く警戒していた空彦も腕を緩め、その後ろから夕緋もそっと顔を出した。胸に込み上げる熱い気持ちに、瞳をしばたかせながら。

「何も言わずに、出て行ってごめん。ちょっと切羽詰まってしまっていて、だけど……あ、でも、嬉しいよ。帰ってきて、よかった……」

視界が潤む。危うく泣いてしまいそうになった夕緋を囲み、ひとしきり騒いだオメガたちは、続いて空彦へと注意を向け始めた。

「ねえ、ところでこの人、アルファだよね？」

「オメガじゃなくしてくれる手術をしてくれるお医者様？」

「いや、違うって、それはこのパンフレットの人だろ」

夕緋の脱走のきっかけとなったパンフレットを持ち出してきたのは、以前それを見ながら瞳を輝かせていた同世代のオメガ少年である。夕緋の手術成功を聞いてから、きっと何度も見返していたのだろう。パンフレットの角はすっかりすり切れていた。

「すごーい、かっこいい～。やっぱりアルファにもグレードってあるんだ。緑青ノ森にいるアルファとは大違い。大人～」

別のオメガ少女は、空彦の顔を見上げてうっとりとため息をつく。

「お、俺、テレビで見たことあるぞ。イケメン博士がどうとかって」

「ねえ、公賀一族って、ものすごいお金持ちらしいよね」

「緑青ノ森の一部も公賀一族のものなんだって。だから町長たち、あんなに張り切っちゃって」

きゃあきゃあわいわい、大騒ぎだ。話が空彦のプライベートに及んできたこともあり、勢いに押されて傍観状態だった園長が慌てて割り込んできた。

「こ、こら、お前たち、やめなさい！　公賀様に失礼なことを言うんじゃない!!」

夕緋に対して特別当たりが強かった園長であるが、そもそも彼は別段オメガが好きというわけでもないのだ。せっかく位の高いアルファと知り合えたというのに、このチャンスを潰す気か。下心も露《あら》わに追い立てられた子供たちは、渋々と引き下がった。

解放された夕緋であるが、改めて知った空彦の地位に驚きを隠せない。

「そ、空彦さんって、めちゃくちゃ有名だったんですね……」

「そんなことはない。俺の名声など、しょせん一族の名前頼りだ。家名に頼れない雷のほうが、よほど有名だしな」

聞けば雷はベータが大半を占める家系に突然生まれたアルファであり、血統主義のアルファたちの中では下に見られることも多いのだとか。だからこそ、自分の力のアピールに余念がないのだという。

「でも、空彦さんが本気で表舞台に立とうとすれば、分野は違いますけど雷先生以上の実力を発揮できるでしょう？」

「――そんなことを言ってくれるのは君だけだ、夕緋」

まぶしいものでも見るように空彦が瞳を細める。なぜかどきりと胸が高鳴った夕緋は、話を戻すことにした。

「それにしても、よかったです。オメガのみんなが、思ったよりもずっと好意的で……」

「そのようだな」

好意的どころか、園長や町長に部屋へ戻るように言われても聞かず、他の子供たちも部屋から出てきて入り口で押し合いが始まっているぐらいだ。肩身の狭さを自覚しているオメガたちにしては珍しい、積極的な行動である。夕緋が体現した奇跡が、それだけ彼等の心に響いているのだろう。

「空彦さんのおかげです。あなたに会えて、本当によかった」

「……それは、何よりだ」

また、空彦が瞳を細める。限りなく優しく、それでいて何かを堪《こら》えているような笑顔が胸の奥を揺さぶった。

――変だな。僕らはもう、運命のつがいなんかじゃないのに。理由の分からない不安を覚え、逃げるように瞳を巡らせた夕緋は、ものすごい勢いで走ってくる学生服姿の人影を見つけた。

オメガの誰《だれ》かではない。施設の外から走ってきた彼はオメガと比べるのが申し訳ないほどに背が高く、体に厚みがあり、今にも西の空へ呑み込まれそうな落日を背負った姿は若々しい力に満ちていた。

「夕緋さん!!」

「あ……、晴、男」

夕緋が逃亡するきっかけとなったアルファの少年、東野晴男だった。彼だけが悪いせいで起こった事故ではなく、もう自分もオメガではないとはいえ、一瞬夕緋は言葉を失った。

「……彼にまで、今日来る話が回ってしまったのか。ここまで騒がれては、仕方がないだろうが……」

空彦も晴男とのエピソードは承知しているのだろう。再び庇う姿勢を取りかけたが、それより早く晴男が深々と頭を下げた。

「改めて、ほんっとーに、申し訳ありませんでしたぁ!!」

そのまま土下座しかねないレベルまで上体を倒した晴男は、怒濤《どとう》の勢いで続ける。

「俺、夕緋さんのこと、いい意味でオメガらしくない人だって思ってスゲー尊敬してたのに……！　俺のせいで緑青ノ森に居づらくしちゃって、追い出すみたいになっちゃって、本当に本当にごめんなさい!!　帰ってきてくれて嬉しいです。その上、転んでもただでは起きないっつーか、フェロモンなんとか手術まで受けてくるなんて……本当に夕緋さんはスゲーッス!!」

あ然として彼の謝罪を聞いていた夕緋は、肩に入っていた力が徐々に抜けていくのを感じた。

例の件以来、互いに距離を取ったまま離れ離れになってしまったが、やはり晴男は晴男だ。アルファであっても、可愛い後輩だ。

ましてもう、夕緋はオメガではないのだ。

「転んでもただでは起きない、ね……言っておくけど、転ばせたのは君だからな？　晴男」

「はいッ、合点承知しております!!　平に平にお許しをーッ!!」

「ば、馬鹿、いいって、そこまでしなくていいから!!」

本気で土下座しかけた晴男を夕緋が慌てて押し留《とど》める。二人の間に起こった事件を知っているオメガたちも最初は固唾《かたず》を呑んで見守っていたが、晴男の全力謝罪によって緊張が解けてきた。誰からともなく、ほっとした顔でささやき始める。

「やっぱり東野くんと夕緋って、ただの発情期の事故だったんだ」

「そーだよなぁ。だって夕緋、オメガじゃねーんだし」

時系列が合わない同意には苦笑してしまうが、いちいち訂正して回ろうとは思えない。オメガへの態度についてよく言えばおおらか、悪く言えば鈍感になった夕緋にとっては、ささいな話だった。聖人となった自分を認めてもらえるなら、それでいいのだ。

「ほら、立てよ、晴男。大丈夫、僕はもうオメガだった時のことは何も気にしていない」

晴男に手を貸して立たせてやった夕緋は、まだ恐縮している彼を見上げて微笑んだ。

「あれは不幸な事故だった。君に悪気がなかったのは、後でリカバリしようとしてくれたことからも、よく分かってる。おかげさまで厄介な性別とも縁が切れたよ。むしろ感謝してるぐらいだ」

終わりよければ全てよし。晴男とのトラブルという最後の一押しがなければ、雷が発明した奇跡を享受できなかったかもしれない。晴れ晴れとした顔で礼を述べれば、晴男は少し驚いた顔をした。

「え、あ……いいんスか？　俺、ボコボコにされる覚悟で来たんですけど……」

「しないよ。君を殴ったりしたら、今度こそ僕が女の子たちにボコボコにされてしまう」

苦笑する夕緋をしげしげと眺め、晴男は何やら感慨深げな息を吐いた。

「……いやー……夕緋さん、本当に変わりましたね。なんていうか、ピリピリした感じがなくなったっていうか……あ、いや、前にピリピリしてたのはしょーがねーと思うんですけど!!」

「謝らなくていいよ。僕自身、そう思ってるし」

オメガのままで晴男と再会すれば、ボコボコにはしないにせよ、萎縮《いしゅく》の裏返しである警戒心を剝き出しにしてしまい、気まずい空気が漂ったことだろう。晴男の真摯《しんし》な謝罪もまともに受け入れられなかった可能性は高い。

「こんな奇跡が、僕に起こるとは思っていなかった。何もかも、雷先生と空彦さんのおかげだよ」

はにかんだ笑顔を見て、晴男はなぜか、ごくりと喉《のど》を鳴らした。

「――そうですね。確かに、奇跡だ。オメガだった時より、夕緋さん、なんだかきれい……というか、可愛くなってますもん」

「馬鹿言え、おだてても何も出ないぞ。第一そういうことは、君を追いかけ回している女の子に言ってやれ」

容姿を褒められると喜ぶより腹が立つことが多かった夕緋であるが、今はさらりと受け流せる。なにせ、もうオメガではないのだ。世辞に決まっているからである。

旧友とのやり取りでつい盛り上がってしまったが、いい加減恩人を放置しすぎだ。頃合いだと見た夕緋は、無言でやり取りを見守っている空彦に目配せした。

「紹介が遅れてしまったな。晴男、この人が僕の恩人の公賀空彦先生。大学で生物学を教えていらっしゃるんだ。空彦さん、こいつが東野晴男。僕と仲良くしてくれていたアルファなんです」

夕緋が町を出てからの話はすっかりと知れ渡っている様子である。互いに基礎情報は知っていようが、一応簡単な紹介をつけ加えた。

この程度の橋渡しをすれば、晴男は人なつっこい。空彦は大人だ。初対面でも会話が弾むだろうとばかり考えていた夕緋だったが、なぜか突然、晴男の目つきが鋭くなった。

「……仲良くしてくれていた、じゃねーでしょ。ずーっと、これからも仲がいいですよ、俺たち」

「あ、ああ、そうだな、ありがとう」

そこに食いつかれるとは思わなかった。もちろん、晴男との付き合いを断つつもりなどなく、ただの言葉のあやである。彼のほうが付き合いを嫌がるかもしれない、とすら思っていたので少し嬉しかったが、それ以上に語気が強くて驚いた。

戸惑う夕緋だったが、続く晴男の質問からは険が薄れていた。

「ところで夕緋さん、これからどうするんですか。住む家とか、もう決めてます？」

「え？　いや、今回は、里帰りみたいなものだから。明後日《あさって》まで滞在したら帰るよ。空彦さんの仕事の都合もあるし」

それは伝わっていなかったのかと、別の意味で戸惑いながら答える。晴男は散歩の約束を反故《ほご》にされた犬のような大仰さで嘆いた。

「えーっ、帰ってきたんじゃないんですかぁ!?　俺、てっきり……」

「手術からしばらく経ったとはいえ、夕緋の体調はまだ万全とは言い難いのでな」

そこで初めて、空彦が口を開いた。

「地元ではいろいろなことがあったと聞いている。今回のところは、慣らしのようなものだと思ってくれればありがたい」

空彦の態度は確かに大人のものだった。ただし権威ある大人だ。反抗期まっただ中の少年からすると、少しばかり鼻につくような威厳に満ちた大人だ。

「……そーッスよね。確かにいろいろ、ありましたし」

空彦の態度に触発されたのか、再び晴男も声音に棘《とげ》をにじませる。一体何が起こっているのか、挟まれた夕緋は肩身が狭い思いをするばかりだった。

「じゃあ、どこに泊まるんですか？　やっぱあのホテル？」

夕緋に問いかける晴男の声は、人なつっこい後輩のものである。むしろ昔より、少し甘ったるく聞こえるほどだ。

「ああ、うん、もちろん」

「ですよねー。ここで町の外の人が泊まるとなると、他にないもんなぁ。先に言ってくれれば、俺んちに泊めてあげたのに」

確認を取った晴男は、グイグイと話を進めていく。

「明日は休みですし、どっか遊びに行きましょうよ。その、オメガだったら行きにくかったところも、今なら大丈夫ってことでしょう？」

「そうだな……晴男が側にいてくれるなら、心強いし」

過去との違いを確認するためには有用な提案である。うなずきかけた夕緋は、そこで保護者の存在を思い出した。

「あ、ごめんなさい、空彦さん！　勝手に決めてしまって」

「……構わないさ。君が君の地元をどこでも大手を振って歩けるようになったなら、大変喜ばしいことだ。後でどういう状態だったか教えてもらえれば、問題はない」

伏せたまぶたの下に苦い光を押し隠し、空彦は淡々と述べた。

「それはそうと、そろそろ陽が落ちてくる。せっかくだ、みどり園の中を見せてもらいたいのだが。……君は彼と、まだ話すか？」

「いえ、僕も一緒に案内します。だって僕の生育環境を知るために、わざわざ来てくださったんですものね」

そうでなければ、気恥ずかしさを堪えてオメガ養護施設まで案内した意味がない。気づけばオメガたちの騒ぎも収まっており、園長が様子を窺《うかが》うような視線をチラチラとこちらに寄越していた。

晴男が俺も、と言い出したが、夕緋は「だめだよ、許可のないアルファはここには入れないって知ってるだろう？」とやんわり制した。

当たり前だが、ここにいる全員が職員を除いてオメガなのだ。特に晴男は夕緋の一件という前科がある。空彦の来訪を知らせてあるので発情期のオメガは遠ざけられているにせよ、不幸な事故を防ぐための措置は必要だ。

「そ、そうですよね、すんません」

晴男も自らの行いを振り返って反省したようである。申し訳なさそうな顔をしたが、次の約束を取りつけるのは忘れなかった。

「それじゃ……、夕緋さん。また、連絡しますから。連絡先、変わってないですよね」

みどり園でも一定の年齢を超えると、携帯電話は持たせてもらえていたのだ。ネットは使えない契約なので、本当に連絡にしか使えない代物《しろもの》だが。

「うん、機種はスマートフォンに変わったけど、前のもので大丈夫。じゃあ、またな」

未練を端々に残しながら晴男が去っていく。その姿が見えなくなるやいなや、空彦が小さくつぶやいた。

「すまなかったな、夕緋。体調がどうだと、勝手なことを言って」

「いえ、構いません。思ったよりも晴男のテンションが高かったから、僕も戸惑うところはありましたし」

連絡しようかどうかさえ迷っていたのだ。新しく持たせてもらったスマートフォンに昔のアドレスなどはそっくり移してあるとはいえ、今まで晴男からも連絡がなかった。たとえ来ると知っていても、こんなふうに熱心に駆けつけてくれるとは思っていなかったのだ。

「でも……嬉しいな。晴男にまで、ここまで優しく迎えてもらえるなんて思わなかった」

時間が空いたことで理不尽な恨みさえ向けられる恐れを抱いていたのに、やはりオメガではなくなった事実が効いているのだろう。夕緋ははしゃいだ声を上げた。

「怖さもありましたが、思いきって帰ってきてよかった。この分なら思ったよりも早く、空彦さんの家を出られるかもしれません」

「……そうだな。そのほうが、いいのかもしれない」

抑揚のない声で相槌を打った空彦は、そろそろ痺《しび》れを切らしつつある園長にうなずくと、みどり園へ足を踏み入れた。


施設内の見学は、記憶どおりのオンボロ具合を夕緋が恥ずかしがった以外は特に問題なく終わった。

夕緋が気にすると思ったからだろう。空彦はその古さや手入れの行き届いていなさに言及はしなかった。ただし、園長が言い訳がましく「予算がなくて」とつぶやくたびに、

「その予算を取得するのが、あなた方の仕事ではないですか」と都度聞き返しはしていた。おかげで施設内を一巡する頃には、園長と町長はすっかり汗だくになっていた。

「案内をありがとうございました。では、俺たちは宿へ戻りますので」

何度か宴席を用意してある、と引き留められたが、「本日は疲れていますので結構。明日はよろしくお願いします」と断って、空彦は夕緋を連れてさっさとタクシーに乗り込んだ。緑青ノ森を訪問する段階で宴席の打診はされており、初日と最終日は移動時間や疲労を言い訳にして拒絶したものの、中日は一応町長たちの顔を立てて受けることになっている。

タクシーに乗って数分で夕緋と空彦のスマートフォンに次々と連絡が入ってきた。みどり園の付近は電波状況も悪いので、今まで届かなかったのだろう。

「あ、晴男からだ」

夕緋の独り言に、後部座席に並んでディスプレイを確認していた空彦がピクリと眉を上げる。それに気づかぬまま、夕緋は彼に確認した。

「あの、早速なんですが明日の昼から、晴男が遊びに出ようって言うんですけど……いいですか？」

晴男からの連絡の送信時間は今から二時間ほど前、施設内の案内を受け始めたあたりだ。

電波の問題で届くのが遅れただけで、彼はすぐさま次の連絡をしてくれていたのである。すぐに返事をしなければ、と少し焦りながら尋ねた夕緋を、空彦は真顔で見つめて言った。

「俺は誘ってくれないのか？」

「……え？」

夕緋が丸く瞳を見開く。そこに映った己の表情を見てハッと我に返った空彦は、自嘲に唇を歪めた。

「——冗談だ。友達同士、積もる話もあるだろう。せっかくなので、明日は俺も少し周辺をブラブラしてこよう。珍しい生き物も見つかりそうだしな。君は、ゆっくりしてきなさい。ただ、夕飯は席を設けてもらっていることを忘れないように」

「は……はい」

かすれた声で、夕緋は必死に平静を装った。なぜだか一瞬にして鳥肌立ったうなじを、冷や汗がじっとりと濡《ぬ》らしていた。

「夕緋さーん、こんにちは!!」

翌日、昨夜《ゆうべ》取り交わした約束どおり、晴男は夕緋たちが泊まっているホテルのロビーまで来た。なお、彼は父親と面会する時もここを使うそうで、気後れしている様子はない。

「元気だなぁ、晴男は」

周りはスーツ姿のビジネスマンか、裕福そうな年配の人々ばかりである。いくら慣れているとはいえ、スカジャンにジーンズという格好で堂々とやってくる晴男に夕緋は苦笑した。

かといって似合っていないわけではなく、お忍びのアイドルのように見えてしまうのだから、つくづくアルファは得である。夕緋も空彦が揃えてくれた、カジュアルながらも質の良いシャツにスキニーパンツという出で立ちなので見劣りはしないと願っているが。

「だって、やっと夕緋さんが帰ってきてくれたんですもん」

周りから注がれる好奇の視線にも慣れているのだろう。そちらはなんともなさそうなくせに、夕緋の一言で彼は眉を下げて大袈裟《おおげさ》にすねてみせた。

「本当にそう思ってるのか？　ずっと連絡もくれなかったくせに」

からかってやると、晴男はいよいよ情けない顔つきになった。

「何回か、連絡しようとは思ってたんです。だけど、俺のやらかしが、その、原因だろうと思ったから……俺からは連絡しにくくて。今回の件も、オメガの何人かが噂《うわさ》してるのを、偶然聞いて……どうしようか迷ってたんですけど、これを逃したらもう二度と会えなくなっちまうと思って、一か八かで来たんです」

思った以上に晴男は気にしてくれていたらしい。空彦よりは狭いものの、夕緋に比べれば十分すぎるほど広い肩をしょんぼり竦《すく》める後輩の肩を夕緋は優しく叩いた。

「正直、関係はあるよ。あれで一気に、ここに居づらくなったからな」

「……ですよね……」

さらなる深みにはまる晴男の首にぐいと腕を回し、引き寄せてやる。

「でも、君のおかげで吹っ切れたとも言える。君との一件がなければ、僕だってここを飛び出して手術を受けに行こうとは思わなかったもんな」

だから、これでチャラだ。笑って軽く頭を小突いてやった夕緋は、すぐさま晴男を解放した。

「さ、行こう。今日はどこへ連れて行ってくれるんだ？　……晴男？」

ロビーを出ようとした夕緋であるが、当然すぐ後ろにいると思っていた晴男はさっきの場所から動いていない。怪訝に思いながら待っていると、のっそりと近寄ってきた彼は妙に据わった目をしている。

「……本当に、変わりましたよね、夕緋さん。前は、人に触るのも触られるのも大嫌いだったのに」

「そりゃ、オメガだったからな。迂闊《うかつ》なことをするとすぐに難癖をつけられてしまう」

こちらから触れれば気がある、相手が触るのを許せば誘った。ただのスキンシップレベルでも性的な関係の言い訳に使われてしまうのだ。生意気だなんだと言われようが、問答無用で撥《は》ねつける以外の手はなかった。

「でも、今の僕は聖人だ。不出来な後輩にかるーく仕置きをくれてやるのも、気軽にできるってわけさ」

屈託のない笑みを浮かべる夕緋を見据え、晴男は低い声で問う。

「公賀さんにも、こんなことしてるんですか」

「空彦さんに？」

頭に浮かんだのは、世界中の誰より深く、彼と触れ合った——受け入れた、記憶だった。

「——するわけがないだろう。あの人は大人だ、紳士なんだ。まして僕は、お世話になってる身なんだからな。そんな失礼な真似、するわけないだろう？」

緑青ノ森へ来る前に空彦と打ち合わせたとおり、自分たちが運命のつがいだったことは伏せてある。空彦との関係はあくまで観察者と被検体であり、それ以上の繫《つな》がりはないと説明してあるはずだ。

世の中をひっくり返す可能性のある奇跡に携わっているのだ。むしろ公賀一族が関《かか》わるのは当たり前だと、昨日町長は何度も繰り返した。見え透いたおべっかではあろうが、自分たちの関係性自体に疑いを持っているようではなかった。

しかし晴男はアルファだ。空彦には及ばぬとはいえ、頭が良くて勘もいい。

「なら、いいんですけど」

対してオメガ特有の警戒心が減じている夕緋は、晴男の言葉を額面どおりに受け止めた。

「分かってくれて嬉しいよ。それじゃ、そろそろ行こう。夕飯までには、ここに戻ってこないといけないからな」

本日の夜、お偉方との宴会に顔を出さねばならないことは晴男にも告げてある。緑青ノ森には人が大勢集まれるところが少ないので、ホテルは集会場としての役割も大きい。うなずいた晴男の表情は、その名のように一見爽《さわ》やかな、見慣れたものへと変わっていた。


晴男が夕緋を連れて行ってくれたのは、緑青ノ森に数少ないながらある、若者たちの遊び場だった。ゲームセンター、カラオケボックス、ボーリング場といったものだ。

ベータやアルファであれば、飽き飽きするほどに利用する施設である。オメガにとっては縁遠い。またあそこに行くぐらいなら、小遣いを貯めて旅行でもしたいとボヤくクラスメイトの愚痴を聞いて羨《うらや》ましく思うぐらいだ。

出入りを禁止されているわけではないのだが、実際にオメガがゲームセンターにでも顔を出そうとものなら、カツアゲだの性犯罪だのにすぐ巻き込まれてしまう。オメガの分際で真っ当な人間の遊び場に混ざろうとしたのだ、相応の制裁は受けろという暗黙のルールが支配しているのだ。強いアルファやベータによる庇護《ひご》がなければ立ち寄ってはならないと、みどり園の子供たちも日頃から言い含められている場所である。

その点、晴男という友人がいる夕緋は、望めばある程度安全に足を踏み入れることができた。しかし、夕緋には勉強をして独り立ちする夢がある。遊興に現《うつつ》を抜かす暇はない上に、晴男と親しいとはいえ、彼に守られてまで遊びに行きたいとは思えなかった。ほんのちょっぴり憧れは抱いていてもだ。

今の夕緋はオメガではない。その話はすでに町中に知れ渡っている。ゲームセンターに入っても、誰にも咎《とが》められはしなかった。

「ゆ、夕緋さん、このゲーム本当に初めてですか!? エグい点数が出てますけど……」

ごみごみとしたゲームセンターの片隅にて、ガンシューティングゲームに興じ始めて十五分。長年保たれてきたスコアを苦もなく塗り替えていく夕緋を見て、晴男は驚いている。

「バレたか。実は、これの二バージョン後のやつを結構やり込んだんだ。よーし、次こそパーフェクトクリアを目指すぞ!!」

機械類に遊びの機能を求めない空彦だ。よって彼のマンションにゲームの類《たぐい》は置いていなかったが、都会暮らしに慣れるためとあちこち歩き回った先で、大きなゲームセンターを見つけた。そこには最新バージョンのゲーム機が何台も並べられており、夕緋はすっかり夢中になってしまったのだ。

「夕緋のやつ、スゲー！」

「オメガじゃなくなったってマジか。確かに、オメガにあんなスコアは出せないよなぁ」

集まってきたギャラリーたちがそんな感想を漏らすたび、嬉しくて堪らない。見事にノーミスクリアを達成した時は、歓声を上げ晴男と抱き合って喜んだ。

「あ、ああ、すみません！　俺」

アタフタする晴男だが、夕緋は笑って首を振った。

「いいよ、気にするな。だって僕は」

「……そうですね。夕緋さんはもう、オメガじゃないんですもんね」

「そのとおり!!」

にこっともう一度笑った夕緋に、晴男はわずかな逡巡の後、銃を模したガンコントローラーを構えた。

「今度は俺にやらせてください」

「ああ、いいよ。交代だ」

「……撃ち方の稽古《けいこ》つけてもらえませんか。銃を肩に乗せて、こう……これぐらいの角度でいいんスかね」

「そうだな、もうちょっと、こっちのほうがいいかな」

背の高い晴男に寄り添うようにして立った夕緋は、伸び上がって丁寧に銃身の位置調整をしてやった。途中で「足元が危ないから」と晴男が腰を抱いて支えてくれたので、「悪かったな、オメガの中では背が高いほうなんだぞ」とムクれつつ、彼に体重を預けて熱心に指導した。

こんなふうにして、カラオケボックスでもボーリング場でも存分に楽しんだ。だが、楽しい時間はすぐに過ぎてしまう。

「あ、いけない、そろそろホテルに戻らないと」

ボーリング場の片隅で着色料の味が濃いジュースを飲みながらしゃべっているうちに、午後五時を過ぎてしまった。立ち上がろうとする夕緋に、晴男が不満そうな顔をする。

「まだいいじゃないですか」

「だめだよ、六時半から歓迎会が始まるんだ。ここからホテルには二十分もあれば帰れるけど、着替えて用意しないとな」

いくら泊まっているホテルの中とはいえ、後輩と遊んでいた時の格好で出席するわけにもいくまい。フォーマルな場へ着ていくスーツも、空彦がちゃんと用意してくれている。

「今日はありがとう、晴男。誘ってくれて嬉しかった。今度ここに来る時は、僕から連絡するよ」

心からの感謝を込めて礼を述べる夕緋だが、晴男の表情は険しさを増した。

「――夕緋さん、明日の午前中には、あの偉そうなアルファのおっさんのところに行っちゃうんですね」

「こら、空彦さんに失礼なことを言うな。それと、あの人は偉そうじゃなくて偉いんだよ。あの人のおかげで、今の僕があるんだから」

列車の時間の関係で、明日は早めの出発となることは話してあった。実のところ、緑青ノ森へ戻ることに抵抗感を覚えた夕緋のため、滞在時間を調整するために決めた日程だ。後にずらすことも可能かもしれないが、今回の訪問目的は十分果たせた。

もっとここにいたいと思えた、それが最大の成果だ。それを手に、今回は当初の予定どおり帰宅すべきだろう。ホテル内でも電波状況が怪しいのか、昨日空彦はノートパソコンを片手に、窓際で苦心していた。これ以上、迷惑はかけられない。

「……分かりました。今度帰ってくる時は、絶対連絡くださいね。絶対ですよ」

「ああ、分かってる」

しっかりとうなずいた夕緋は晴男に送られてホテルまで戻った。


予定時間ぴったりに始まった宴会の名目は夕緋の歓迎会であるのだが、実際のところは空彦と親しくなることを狙《ねら》ってのものに違いなかった。

「公賀様、緑青ノ森へようこそ」

「こちらへ来られるだけで大変だったでしょう」

「どうぞ今後とも、お見知りおきを……」

町長やみどり園の園長のみならず、夕緋が通っていた高校の校長やら婦人会の会長やら商店街の会長やら。緑青ノ森で人を束ねる地位にある者は全て来ているのではないだろうか。延々と続く名刺交換を律儀に行っている空彦の横で、夕緋はこっそりため息をついていた。

空彦の意向で養護施設のオメガたちも、発情期にある者以外は招待されている。空彦に礼を言いに行きたい様子だが、スーツに取り囲まれている彼に気圧《けお》されてしまい、指定されたテーブルで料理を楽しむに留まっていた。

今は、それに甘んじるしかないだろう。彼等はオメガ、この世界の負け組なのだから。

でも、僕の存在によって奇跡の実在は証明された。どうかもう少し待っていてほしい。

そう願いながら、たまに夕緋にも義理のように降り注ぐ挨拶に受け答えをしていた時だった。

「公賀さん、抱いて！」

その声はいい加減空彦の名刺が切れたからと、挨拶の輪が緩み始めた隙《すき》を縫って響き渡った。

聞き覚えのある声だ。昨日、雷のよそゆきの笑顔で飾り立てられたパンフレットを手にしていた、あのオメガの少年だ。

「な、なんだ、君」

「発情している⁉　馬鹿な」

空彦に群がるスーツの群れは大半がベータ、それにアルファが数人といった構成である。

そのいずれもが漂うフェロモンに反応し、慌てて鼻や口元を押さえながら飛び退《すさ》った。

仮にも空彦の前で無様な欲望をさらすわけにはいかないと思ったようだ。気持ちは分かるが、そのために人間の壁がなくなり、発情したオメガ少年はまっすぐ空彦に駆け寄ってきた。

視界をスーツの群れに塞《ふさ》がれていたせいだろう。反応が遅れた空彦が反射的に立ち上がったところで、オメガの少年はしっかりと彼の腰にしがみついた。

「公賀さん、抱いて、俺を抱いて」

「や、めなさい」

さすがに動揺した様子の空彦が彼を引き剝がそうとするが、少年は高価なスーツに爪《つめ》を立てながら懸命にすがりつく。

「抱いて、夕緋はあなたのつがいじゃないんでしょう、じゃあ俺を抱いて、ここから連れて行って」

「いい加減にしろ!!」

叫んだのは、顔を真っ赤にしたみどり園の園長である。その手が乱暴にオメガ少年の手首を摑《つか》み、無理やり引き剝がして床に転がした。

「お前、さては発情促進剤を飲んだな……!!　公賀様になんてことをするんだ!!　せっかく多額の寄付を約束してくださったのに……!!」

怒りに任せ、彼が足を踏み上げる。激昂《げっこう》した園長の癖だ。彼の蹴《け》り癖のせいで、生傷の絶えないオメガたちは数多い。

る。

　今度は空彦が叫んだ。園長の首に後ろから手を回し、子供を相手にするように持ち上げて蹴りを空振りさせると、「失礼」と言いながら手を放して少し離れた場所に軟着陸させる。

「やめろ!!」

　一瞬の出来事に目を白黒させている園長をよそに、空彦はようやく起き上がったオメガの少年に声をかけた。

「……申し訳ないが、君にそういうことをするつもりはない。抑制剤はあるのか？　ないなら処方してもらって、落ち着いたら帰りなさい。大丈夫だ、今後君に何かあれば、公賀一族と緑青ノ森の縁は切れるだろう」

　自分たちは明日町を離れるが、見えないところで罰など下せばただではすまさない。園長を含めたお偉方たちに釘を刺す空彦は極めて冷静だが、発情に瞳を潤ませた少年の耳にはあまり聞こえていない様子だった。

「お、俺じゃ、だめ、ですか」

　彼もまた、オメガである。翳《かげ》りを含んだ容貌《ようぼう》は壊れ物のように美しい。まして発情促進剤という、心ないアルファやベータたちがオメガに使う代物を自ら服用し、一世一代の賭《か》けに出たオメガだ。悲愴《ひそう》美ともいうべきものが皮肉な輝きを添えていた。

「俺、いい香り、するでしょ？　ほら。抱いて、抱いてくれたら、俺も連れて行ってくれるんでしょう……？」

熱のこもった瞳が夕緋を見やる。そこに含まれた羨望《せんぼう》と嫉妬《しっと》に、夕緋の背筋は凍えた。

だが空彦の目に生じたのは複雑な憐《あわ》れみだけだった。

「――悪いが、俺には発情フェロモンは効かないんだ。さあ、行きなさい」

続く空彦の返答を聞いて、夕緋は生きた氷の像と化す。駆けつけてきたホテルの人間に腕を取られ、宴会場から連れ出されていくオメガの少年は視界の端に映っていたが、その意識には苦渋に満ちた空彦の表情だけがあった。

「発情フェロモンが、効かない？」

はっと顔を強張らせた空彦を見つめたまま、虚《うつ》ろにつぶやく。確かに空彦は、促進剤で強化されたフェロモンを間近で浴びたにしては冷静すぎる。

「そんな。だって、空彦さん、僕のフェロモンに……」

「夕緋！」

厳しい声に唇を縫い合わされる。幸いにも周りは突然のアクシデントの後始末に気を取られており、二人のやり取りを耳に入れる余裕はなさそうだ。

「……昔のことだ。余計な話はしなくていい。君は部屋に戻っていなさい」

有無を言わさぬ口調で命じられた夕緋は、のろのろと宴会場を後にした。

オメガ少年が残したフェロモンを除去しなければ、宴会は継続できない。そもそも、この空気で継続すべきなのか。

そんなことを喧々囂々《けんけんごうごう》と話し合う大人たちの隙間を縫って、外に出た夕緋は隅に置いてあった休憩用の長椅子《いす》に腰を下ろした。我知らず、深いため息が漏れる。

空彦との関係については事前に話してあったはず。夕緋がオメガではなくなったことも伝えてあったはず。それなのに、実際に聖人として迎えられたと思っていたのに、先のオメガ少年は明らかに自分たちの関係を誤解していた。……看破していた。

「違う。誤解だ。あれはただの過ち、事故だ」

誰に聞かれても胸を張ってそう言えるが、ならばどうして全ての事実を伝えないという空彦の説明に納得したのか。

本当は夕緋自身、知っていたからだ。いくら過ちだったと説いたところで、要するにこのオメガはアルファに抱かれたのだと、それだけを重視される可能性が高いと。

ある意味読みは当たったと言えるだろう。事実を伏せて結果だけを伝えたのに、二人の仲は知られていた、というより下種《げす》の勘繰りが当たったと見るべきか。そのように勘繰られていたこと自体が、夕緋を傷つけていた。

「僕はもう、オメガじゃないのに」

過去と訣別できたと思っていたのは夕緋の独りよがりだったのか。ショックの嵐《あらし》が吹き荒れる中、空彦の声が蘇る。

俺には発情フェロモンは効かないんだ。

よほどの特異体質でなければ、どんなアルファであってもオメガのフェロモンを完全には無視できない。オメガのために、そしてアルファの体面を保つために抗フェロモン剤は開発されていると聞くが、完成したとの続報は聞いたことがない。

ただし例外はある。つがいを得たアルファは、相手であるオメガ以外のフェロモンに反応しなくなる。空彦が特異体質とやらでないことは、夕緋と過ちを犯したことで実証済みだ。他のオメガとつがいになった様子もない。

ならば状況ははっきりしている。

「空彦さんにとって、僕はまだ、運命のつがいなのか……？」

夕緋の「聖人」化によって運命のつがいは強制解除になったかと思われていた。空彦サイドに大きな後遺症などが出なかったのも、そういうものかと納得していた。

だが、夕緋だけが一方的に運命を抜け出してしまったのであれば話が変わってくる。

取り残された空彦は、どんな想いで夕緋を側に置いていたのだろう。

「夕緋さん！」

煩悶《はんもん》する夕緋を呼んだのは耳に慣れた後輩の声だった。

「あ、あれ、晴男？　君も来ていたのか」

三時間ばかり前に別れたはずの晴男が目の前に立っている。服装がぱりっとしたジャケット姿に変わっているので、招待されていたのかと思ったが、晴男は首を振った。

「……招待はされてません。でも、明日の朝には夕緋さんはあのおっさんのところに行くんだと思うと、やっぱりじっとしていられなくって……」

「また、そんな言い方をして。天くんといい君といい、どうして空彦さんに敵意を持つんだ？」

オメガ及び妻子に対しての態度は本人も深く反省しているが、夕緋と出会ったことで彼もいろいろと認識を改めたようではないか。

特に晴男とは、昨日少ししゃべっただけである。夕緋のように、無理やり犯されたわけでもないのに、と考えた瞬間、あの夜のことが押し寄せてきた。運命のつがいであることを盾に、無理やり体を繋がれたのは事実である。

　しかし、夕緋は聖人と化したことでその繫がりから脱却できたと考えると、その報いを毎日のように受けている空彦は気の毒ではないか？　ここにいない彼のことばかりが意識をかき乱す。

　夕緋の心が自分のほうを向いていないと悟ったのだろう。晴男がぎりっと奥歯を嚙み締めた。

　たくましい腕が伸びてきて、座ったままの夕緋の顔を挟むように壁を突く。驚いて見上げた晴男の顔は照明を背負った格好になっていて、薄黒い影が表情を覆い尽くしていた。

まだ先ほどのトラブルの始末に注目が集まっているらしく、隅にいる二人に誰かが気づく様子はない。

「あの空彦さんって人と夕緋さん、どういう関係なんですか」

　どういうつもりかと聞く前に質問された。妙な圧力に胃の腑《ふ》を押されたように感じ、夕緋は少し早口にしゃべり出す。

「どうって……まあ、言うなれば、大学の先生とモルモットってところかな？　フェロモン分泌腺除去手術って、あまり前例がないんだ。詳細な実例を積み上げることで、他のオメガたちにも」

「そんなの建前でしょ」

口当たりのいい説明をばっさりと切り捨てた晴男は、絶句している夕緋を凝視している。

「空彦さんが夕緋さんを見る目は、そんなんじゃねーですもん。あれは、惚れたオメガを見るアルファの目だ」

先ほどまで夕緋が苦悩し、認めまいとしていた事実までも、彼はきっぱりと断言した。

「おかしいと思ってたんです。公賀一族って、あの土地持ち一族でしょ。知ってるんですよ、俺の親父《おやじ》も一応、連中の一族なんで」

「……えっ」

では晴男と空彦は、親戚関係に当たるのか。ならばどうして、こうも空彦に突っかかるのかと疑問を感じたが、だからこそだと晴男は言いたいようだ。

「あいつらの選民意識、ハンパじゃねーから。中でもあのおっさんは、露骨に見下しこそしないけど、そもそも自分の一族の連中にも興味がない、タチの悪いアルファですってね。そんなやつが、いくら夕緋さんがただ虐げられるオメガじゃないからって、下心もなしで親切にしてくれるわけがないんだ」

「……誤解だ、晴男。空彦さんは、そんな人じゃ……」

完全に違う、とは言い切れない。雷や天、顕子、何より空彦自身の証言ともある程度当てはまる。それでも夕緋には、悪い部分を誇張しすぎているようにしか聞こえなかった。

「夕緋さんこそ、あの男を誤解してるんですよ。俺のことも、きっと夕緋さん自身のことも……」

空彦を庇う態度が余計に焚《た》きつけてしまったようである。晴男の手が片方壁を離れ、夕緋の肩を押さえつけた。

「今日、すげー俺にベタベタしてきましたよね。俺のほうがベタベタしても、全然嫌がらなかった。夕緋さん自身は、そんな気ないんでしょうけど……煽《あお》られてるようにしか思えなかった。カラオケボックスなんて、本当にヤバかったですよ。二人きりの個室で、あんな……あそこで押し倒さなかっただけ、褒めてほしいぐらいです」

一緒に遊ぶうちに、何度も互いの体に触れた。その時はなんともなかったが、間近で息を荒くした晴男に押さえつけられている状況に置かれた今、聖人となってすっかりと錆《さ》びついたアラームが稼働し始めていた。なにせ、こういった事態は初めてではないのだ。

「や、やめろ……僕はもう、オメガじゃないんだぞ？」

強張った声で、幾度となく繰り返してきた魔法の呪文《じゅもん》を口にするが、無敵の呪文も暴走する晴男には通用しない。

「確かに夕緋さんは変わった。前と違う。柔らかくなって、無防備になって……可愛くなった。手術でナントカ腺を切り取った成果は、あると思いますよ」

変化はしているのだ。再会時、晴男もそれは認めてくれた。

「そ、そうだろう。発情期もこないし、フェロモンをまき散らしたりもしない」

「でも、やっぱり俺の目には、あなたはオメガにしか見えない。ずっと守ってきた、きれいで可愛いオメガにしか、見えない……!!」

晴男の体温がさらに近づいてくる。両腕で強く抱き締められた夕緋は、その胸を押し返すこともできずに呆然《ぼうぜん》とされるがままだった。

変化はしているだって？　違うじゃないか。

何も変わっていないじゃないか。

「君だけは、僕のことを、認めてくれていると思っていた」

乾いたつぶやきを聞き留めた晴男の顔が強張る。おずおずと腕を緩め、覗き込んだ夕緋の瞳は痛々しい光に満ちて震えていた。

「アルファもオメガも関係ない。一緒にいて楽しいから、付き合ってくれているんだと思っていた。でも、そうじゃなかったんだな。君もしょせんは、僕をオメガだと思っていたんだな。……いつか犯してやろうって、狙ってたんだ」

「ち、違うんです！　俺は最初から、それが目当てだったってわけじゃあ!!　……夕緋さん!!」

弁解を最後まで聞かず、夕緋は彼を突き飛ばして駆け出した。

「ごめんなさい‼　夕緋さん、ごめんなさい‼」

悲痛な晴男の叫びを聞いて、今さらのような注目が集まってくる。それらを振り切って夕緋は走り続けた。


ホテルの部屋に戻った夕緋は、内鍵をかけるなり着ていた上着を荒々しく脱ぎ捨てた。

緑青ノ森を出て以来、身に着けている衣服は全て空彦が買い与えてくれたものだ。洗濯自体は業者に任せているとはいえ、乱暴に扱うつもりはなかった。特に今日用意してもらった上着は光沢のある生地が美しいがしわができやすく、着た段階から少し緊張していた代物であるのに、今はきちんとハンガーにかける余裕がない。

続いて、下に着ていたワイシャツも脱ぎ捨てる。そこまでは晴男も触れていない。分かっているが、彼の気配を少しでも遠ざけたかったのだ。

上半身裸になって、やっと一息つく。幸いホテル内の空調は快適で別に寒くはない。後はシャワーでも浴びてしまえば完璧《かんぺき》だと思い、シャワールームへ向かおうとした時だった。

「夕緋！」

インターフォンが激しく鳴り響く。

「空彦さん……」

来てくれたのか。安堵《あんど》のあまり泣きそうになりながら、夕緋は鍵を開けて彼を迎え入れた。上半身裸の姿を見て、空彦がぎょっとしたように凍りつく。

「……何があった、夕緋、そんな格好をして……東野くんだったか？　彼と揉《も》めたと聞いたが」

逃げ出すところを見た誰かが空彦に状況を教えたのだろう。隠し通せる話でもないと悟った夕緋は、またしっかりと鍵をかけ直しながら言った。

「晴男に……襲われそうに、なって」

「なにッ」

気色ばんだ空彦が、閉めたばかりのドアノブをガチャガチャと激しく回す。舌打ちして鍵を開けようとする彼を、夕緋は慌てて止めた。

「待ってください、大丈夫です！　ちょっと、触られただけです。そんなにひどいことをされたんじゃないんです!!」

「なら、そんなに青い顔をして泣いたりしないだろう」

目敏《めざと》い指摘を受けた夕緋は思わず目元を拭《ぬぐ》った。意識していなかったが、確かに目尻《めじり》か

ら頬を伝う濡れた感触があった。

「具体的な被害がなければいい、というものではない。もうオメガではない君が襲われかけたんだ。大きなショックを受けて当然だ」

力強く言ってもらえたことで、夕緋の瞳からもう一筋涙が零《こぼ》れた。

「……ありがとうございます。空彦さんは、本当に優しい……」

空彦のことだから、夕緋を責めたりしないだろうとは思っていた。そうであっても実際に、被害を受けた直後に「君は悪くない」と言ってもらえたのは嬉しい。

安堵に固まっていた表情筋が緩む。唇に浮かぶのは、全幅の信頼を示す無垢《むく》な笑み。それを見た空彦は、そっと目を伏せて言った。

「……君さえよければ、何があったか話してくれないか」

「……はい」

信頼できる相手であれば、洗いざらい話してしまったほうが傷も癒《い》えるだろう。決意した夕緋は、立ったままで話し始めた。

「晴男にとっての僕は、結局ずっと、オメガに過ぎなかったんです」

遅ればせながら胃をせり上がってきた悔しさに、夕緋の声は震えていた。

「今日遊んでいる間も、ずっといやらしいことを考えていたって……」

ぴく、と空彦の指先が痙攣《けいれん》するような動きをしたが、夕緋はそれに気づかない。

「確かに少し、スキンシップはしたかもしれません。でも、そんなの、年の近い男友達だったら、当たり前のことでしょう？　前は嫌で堪らなかったけど、今なら、晴男なら、全然平気だった。それなのに……」

「……どんなスキンシップをしたんだ？」

意外なところを聞き返されて、夕緋は「え？」と戸惑いの声を上げた。空彦は至って真面目《まじめ》な調子で繰り返す。

「東野くんと、どんなふうに触れ合ったんだ」

「え、あの、ゲーセンで銃の持ち方を教えたりとか、カラオケで肩を組んで歌ったりとか……それぐらいです」

先ほど晴男から感じたのと似たような威圧感に気圧されて答えると、空彦はさらに奇妙な問いかけをしてきた。

「俺とはそんなこと、したことがないが」

「それは……空彦さんは、僕の尊敬する人です。父親のように思っているあなたに、そんな失礼な真似はできませんよ」

そもそもゲームセンターやカラオケボックスに行ったりするのだろうか。あまりにも似合わない、と考えが逸《そ》れたのも束の間。再び背筋を這《は》い上ってきた怒りに唇を噛み締める。

「ずっと守ってくれていたのは、しょせんはこういうことをするつもりだったのかって思うと……腹が立って、情けなくて、仕方がないです。この調子なら緑青ノ森に、帰ってこれるかと思ったのに……」

失望を込めて結んだ言葉によって、空彦の表情から感情が薙《な》ぎ払われた。

「――なるほど。東野くんだけを、一概に責められる事態ではないな」

冷たい声に瞠目する。反射的に見上げた空彦の瞳は、見たこともない冷ややかな色をしていた。

「空彦、さん？　あっ」

いきなりぐいっと腕を取られ、部屋の奥へ引っ張っていかれる。このホテルの中では一番いい部屋なのだが、空彦のマンションほど広くはない。十歩も歩けば辿り着いたのは、二つ並んだシングルベッドだ。その片方に、夕緋は転がされた。

「な、に」

体に受けた衝撃はそれなりに柔らかなマットレスが引き受けてくれたが、心を揺るがす激震には対処する術《すべ》がない。わけも分からぬまま見上げた空彦の顔は、愛着を基礎とした憤怒で激しく歪んでいた。

「そら、ひこ、さん？　な……なんの冗談、ですか？」

空彦を信頼しきっている今の夕緋にも、到底冗談ですまされるような雰囲気ではないのは分かっていた。分かっていたからこそ、冗談にしたかったのだ。

「……美しいな」

愚鈍な反応を見下ろす空彦の唇から、乾いた称賛が漏れる。

「忌々しいほどに、君はきれいだ。可愛い。アルファの心を、ぐちゃぐちゃにかき乱す存在だ」

称賛の言葉であると同時に、それは呪いの言葉だった。この街で何度も吐きかけられてきた呪い。きれいだから、可愛いから――欲望をかき立てる存在だから、お前が悪いのだと。

「それ、は……オメガだったら、そうでしょうね」

何かにせき立てられるように、夕緋は早口になった。

「でも、僕はもうオメガじゃありません。聖人だ。第二の性とは関係なく」

「いい加減にしろ!!」

言い切ってしまおうと急ぐ夕緋の語尾が怒声にかき消される。本気で怒ったアルファの感情は衝撃波のように夕緋の頰を打った。

「肉体的にオメガではなくなっても君は美しい。自分が周りにどう見えるのか、本当に分かっていないのか⁉　俺や東野くんの自制心を試して、面白がっているんじゃないか⁉」

言いざま、彼は夕緋の上にのしかかってきた。恐ろしく熱い手の平が素肌の上半身を這い回る。

「触られたって、どこをだ。あのガキめ、絶対に許さない！　夕緋は俺のつがいだ。やっと見つけたんだ、俺のだ、俺だけのものだ……‼」

適度についた胸筋を揉みしだかれ、乳首を摘まみ上げられる。晴男など比ではない勢いで触れられても、ショックが大きすぎて何も感じられなかった。

「好きだ、夕緋。君が好きなんだ。忘れようとした。諦《あきら》めようとした。だが、だめだった。他の誰にも、こんなふうに思ったことはない。君だけは手放せない。誰にも渡せない……‼」

苦悩を吐き出すかたわら、空彦の唇は夕緋の頬や首筋に何度も口づけを落とした。時には浅く噛みつかれさえしたが、愛撫も痛みも感覚が遠い。夕緋の心を占めているのは、恐怖と悲しみだけだった。

空彦に抱かれようとしていること自体より、その目に赤々と燃える欲情の火が恐ろしい。腐れ縁らしい雷は抜きにしても、誰に対しても紳士的な、悪く言えば一線を引いた態度を妻子にまで崩さなかった空彦の、剝き出しの執着が怖かった。

彼のような人までも変えてしまう、アルファとオメガの繫がりが怖かった。どこまでもアルファとオメガでしかいられない自分たちが、悲しかった。

「やっぱり、あなたにとっての僕は、まだ運命のつがいなんですね」

人形のようにされるがままでいた夕緋が、まっすぐに天井を見上げてつぶやいた。空彦がはっと動きを止める。

「あなたにとっての僕も、オメガのままなんだ。だから……」

側に置いていたんだ。いつかまた、想いを遂げる機会を狙って。酒の匂いをさせながら迫ってきたあの時、あれこそが空彦の本当の姿だった。

もう涙も出ない。

オメガとしての人生に苦しみ、無理やり犯された挙げ句、行き着くところは運命のつがいとやらの腕の中なのか。聖人になったって俗世との縁など切れやしない。生まれついての負け組は、死ぬまで負け組なのだ。

首でも吊《つ》るしか、もう逃れる術はないのかもしれない。

「――すまない」

憑《つ》かれたような情熱をもって夕緋の体をまさぐっていた手が離れた。身を起こした空彦の顔は、もともと雷などと比べれば年相応の貫禄《かんろく》を持っているが、いきなり十ほども老けたようだ。

「申し訳ない。やはり俺は、君の父親にはなれない。君の尊敬には値しない」

絞り出すようにつぶやき、ベッドを降りた空彦はそのまま夕緋に背を向ける。

「すまなかった。頭を冷やしてくる……いや、俺には別の部屋を用意してもらう。明日の出発は予定どおりだ。着替えて早く寝なさい」

「……空彦さん」

見上げた広い背中は硬く張り詰めている。思わずその名を呼ぶと、わずかに振り返った彼はすぐに目を逸らしてしまった。

「とにかく服を着なさい。……目の毒だ。君のせいではないことは分かっているが、俺には、アルファにはまぶしすぎるものなんだ」

苦しそうに吐露した空彦の背が遠ざかっていく。

「空彦さん‼」

叫ぶ夕緋を置いて、彼は部屋を出て行った。夕緋もまた、その名を呼びはしたものの、追いかけることはできなかった。

「お前は私にとって、正にラッキーアイテムとでも言うべき存在だな、夕緋。次から次へと、公賀一族に貸しを作れた」

久しぶりに会った雷は大層ご満悦だ。メディアへ顔を出す時は公明正大な知識人ぶっている彼だが、アルファらしい華やかな美貌《びぼう》には高慢な笑みがよく似合う。

ここは雷の住むマンションのリビングである。界命病院にもほど近く、空彦のマンションともそれほど離れていない。広さも同じぐらいだが、調度品に惜しみなく金をかけていることがよく分かる室内は、「住む」というより「見せる」ことを重視していて少し落ち着かない。

「金は空彦から前金でたんまり受け取っている。いろいろと面白い話も聞けそうだし、好きなだけいてくれて構わんぞ。どうせ私は忙しくて、あまりここへは帰らないからな。今日は空彦の馬鹿に頼まれて有休で対応してやったが、明日以降はいないと思え」

「……はい。ありがとうございます、雷先生」

豪勢な革張りのソファに座った夕緋は、うつむいたまま礼を述べた。

緑青ノ森のホテルにて晴男に、そして空彦に連続して襲われそうになった後、一人部屋に残った夕緋は鍵をかけて閉じこもり、まんじりともしないまま一夜を明かした。翌朝は出発時間に合わせて起き出しはしたものの、空彦にどんな態度を取ればいいか分からず、悶々《もんもん》としていた。

そこへフロントから電話がかかってきて、空彦からの伝言を告げられた。

「公賀様は所用で滞在を延ばされるとのことなので、都丸様は先にお一人で帰ってほしいとのことです。チケットなどの必要なものはフロントで預かっておりますので、チェックアウトの際にお渡しします」

その時は正直ほっとした。自分たちの間には、少し冷却期間が必要だと思ったからだ。晴男もさすがに気まずいのか連絡もしてこない。また彼に突撃されても困るので、指示より早い時間にホテルを出て、半日がかりで空彦のマンションへと帰宅した。

ところが辿り着いたマンションの入り口で待っていたのは、まだ緑青ノ森にいるはずの空彦ではなく雷だった。「事情は聞いている。このマンションには居づらいだろうと、空彦のやつに頼まれた。ついて来い」と言われ、目を丸くしながらも従わざるを得なかった。困惑顔の警備員にも空彦からの指示は届いているようで、わけ知り顔で振る舞う雷を止めることはなかった。

そして連れてこられたのが雷のマンションである。雷は空彦に一泡吹かせてやったと、別に本人が何かしたわけでもないのに上機嫌だ。

「何か食べたければ、ここにはルームサービス制度があってな。そこに置いてあるタブレットからメニューを選べば届くので好きに使え。掃除も洗濯も毎日業者が来るから任せろ。家の中では自由に過ごして構わんが、何か盗んだり破損したりしたら空彦に補塡《ほてん》させるからな」

「……はい」

言い方はアレだが、基本的には空彦と同じ贅沢を味わわせてくれるわけだ。ズケズケとした口調も、今はかえって気が楽だった。甘く優しく、自分を庇護してくれていた腕に二連続で裏切られた傷はまだ生癒えで、チリチリとした痛みを発し続けている。

「他に質問があれば天に聞け。では、私は病院へ戻る」

アウトラインの説明を終えた雷は、もういいだろうとばかりに颯爽《さっそう》と立ち上がった。

「えっ、今日はお休みを取られたのでは？」

「半日だけな。大口の依頼が来たので、私は忙しいんだ。しばらくは戻らんから、そのつもりでいろ。何かあれば連絡してきてもいいが、レスポンス速度には期待するなよ!!」

忙《せわ》しなさに驚く夕緋を尻目に、雷はあっという間に出かけていった。あ然とする夕緋の斜め前に座っていた天が、ややあってわざとらしいため息をついた。

「暗い顔しちゃって、馬鹿じゃねーの。もっと喜べよ」

反射的にそちらを見やれば、天はフンと鼻を鳴らした。

「オメガじゃなくなった。『運命のつがい』からも解放された。あんたを襲った公賀のおっさんとも、きっと二度と会わずにすむさ。満足だろう?」

天の言うとおりだった。

昨日の一件以来、空彦は他人を介して伝言はくれるが、彼自身が直接連絡してくることはない。無論、夕緋を気遣ってのことだろう。

夕緋にしても、今空彦から連絡をもらっても、どうしていいか分からない。メールは読めないかもしれないし、電話は切ってしまうかもしれない。

そのくせ手元からスマートフォンを手放せない。緑青ノ森から帰る時もずっといじり続けていたので、途中で充電が切れてしまった。雷のマンションへ連れてこられて真っ先に頼んだのも「電源を貸してくれませんか?」だった。

「せっかく神様がくれた繋がりを簡単に放り出したから、罰が当たったんだ」

知らずうつむきかけていた夕緋は、天の一言で弾《はじ》かれたように顔を上げる。本日も気位の高い猫のような美貌を誇る天だったが、どこかその表情は荒《すさ》んで見えた。

「君は、僕らが羨ましかったのか」

天が最初から自分を嫌っていた理由がやっと分かった。胸を突かれたような思いで尋ねると、天の表情がギシリと軋《きし》む。

「無神経さは公賀のおっさんとそっくりだな、さすが運命のつがいってことか。……ああ、そうさ‼　だって俺と神一先生は、運命なんかじゃ結ばれていない」

夕緋が聖人への踏み台にしたものへの憧れが、その声にはあふれている。

「先生が俺に飽きたらポイ捨てされる、そんなことは分かってる。俺は使い捨てのオモチャだ、気楽に遊べるところに価値がある‼　先生は重い相手が嫌いだから、たとえ運命のつがいとやらが見つかっても、無視するだろうと思ってた。それまでは、俺が努力すれば、繋ぎ止められるって……」

夕緋や空彦には攻撃的な天であるが、雷の命令には言いなりだ。夕緋の部屋で空彦を煽るために抱かれるよう命じられた時、彼はどんな気持ちだったのだろう。

「公賀のおっさんだって、そうだと思ってた」

夕緋の肩がびくりと跳ねる。

「結婚して子供まで作ったくせに、あの人は根本的に人間に興味がないんだ。人間以外の生き物は大好きだけどな。でも、運命のつがいが現れたら、このざまだ。アルファの恋は、たった一人のために取ってあるんだ」

空彦にとってはそれが夕緋だった。だから本来の、非情さと背中合わせの紳士ぶりをなげうってまで、無理やりにでも手に入れた。

あのまま彼のオメガとして生きていたら、どうなっていたのだろう。そんなふうに考えることと自体、オメガの苦悩にまみれていた過去の自分への冒瀆《ぼうとく》だ。分かっているのに、考えるのをやめられない。

「俺がどう足掻《あが》いたって、先生に運命のつがいが現れたら太刀《たち》打ちできない」

消え入りそうな声で結んだ天は、ため息をついて立ち上がった。

「……お前の部屋はそっち。政財界の大物だって泊められる部屋なんだ、ありがたく思えよな。俺の部屋はこっちだから、何かあれば言え。それじゃ」

そう言い置いて、天は自室へ引っ込んだ。こんなに夕緋を嫌っている天も、雷に任された仕事なら放り出しはしないのだ。それを嚙み締めながら、夕緋も無言で指定された部屋に入った。

なるほど、こちらも生活感は薄いが、リビング同様ホテルのように調えられている。大物ゲストとやらのニーズに合わせるためか、ゲーム機やカラオケ機能まで備わっているが、いずれも不快な記憶を喚起するばかりだ。

「……疲れた」

完璧にベッドメイキングされた寝台に歩み寄り、ふかふかの羽根布団に体を投げ出す。

雲に支えられているような心地よさを味わうはずだが、どちらかというと泥沼の中に音もなく沈み込んでいくような感じがした。

　昨日はほとんど眠れなかった上に、半日もかけて移動してきた後だ。疲労は激しいが、雷の家といっても初めて訪れた場所である。豪華すぎる作りにも逆に拒絶されているのを感じ、うまく眠りに入れない。

　だからといって、空彦のマンションには戻れない。しかもまだ、自室の鍵もかからないというのに。

「今の状況は、結局雷先生のせいじゃないか……？」

　天との関係を使って雷が空彦を挑発したりしなければ、こんなことにはならなかったのではないか。ずっと雷を恩人だと思って尊敬してきたが、天との関係性なども含めると、空彦を馬鹿にできる立場ではなかろうに。

　――いや、違う。彼の行為や顕子の件は、事態の進捗《しんちょく》を早くしたが、遅かれ早かれ似たような結末を迎えていたことだろう。昨日の夜、空彦の視線に含まれていた執着心は、いまだ肌に絡みついて消えていない。晴男とのもめ事を思い出せないぐらいだ。

「……疲れた。もう、疲れた」

　空彦のことも晴男のことも雷のことも天のことも考えたくない。唇を噛み締めた夕緋は、意識を断ち切ってくれる睡魔の訪れをひたすらに待ち続けた。

雷のマンションで過ごす日々は、ある意味快適ではあった。

生活に必要な全てが揃えられているのはもちろん、家主はほとんど家に戻らず、天も基本的に自室から出てこないからだ。夕緋もあまり他人と接する気になれず、一応三人暮らしのはずなのだが、誰とも挨拶すら交わさないまま一日が終わることもザラだった。

無機質な時間の中で、少しずつ少しずつ、夕緋に刻まれた傷は塞がっていった。最初の夜こそ眠れなかったし、天に挨拶をしても無視されることが続くと悲しかったが、そういうものだと割り切ってしまえば慣れていく。もともとオメガは人の顔色を読みながら生きていくのがうまいのだ。

まして天の態度の理由が分かってしまうと、苛立《いらだ》ちよりも憐れみのほうを強く感じてしまう。天もそれが分かったのだろう、忌々しそうな顔をするも、本心を明かしてしまった後で当たったところで、みじめさを助長するだけだと悟ったようである。

「お前とはうまくやれって、先生にも言われてるしな」

奇妙な同居生活が始まってから二週間が過ぎた日の午後のことだ。自室に引きこもって勉強するのにも飽きて、夕緋がリビングでコーヒーを飲んでいると、なんの前触れもなく部屋から出てきた天がそう言うなり向かい側にどっかりと腰を下ろした。

あ然としつつもコーヒーを飲む夕緋と、出てきたからといってそれ以上会話をすることなく、黙ってスマートフォンをいじり続ける天の間に無言の時が流れること五分。せっかくの機会を生かさねば、と感じた夕緋は、おそるおそる話を振った。

「その……雷先生、本当に忙しいんだな」

「……そうだな。二週間も帰ってこないなんて、初めてだ」

スマートフォンから目を上げないまま応じられ、夕緋は困惑した。

「え？　そうなのか。じゃあ、大口の依頼ってやつ、本当にすごい案件なんだな」

「そうだろうな。ずっと俺にも連絡がない。連絡しても返事がない。こんなの、初めてだ」

雷の家に来たばかりの時の夕緋のように、ずっとスマートフォンから目を離さない天。

その心中に気づき、言葉を失う夕緋に天はふっと笑った。

「……ここから俺が追い出される日は、遠くないかもな」

まるでその会話に合わせたかのようにインターフォンが鳴った。出入りの業者だと思ったのだろう、鬱陶《うっとう》しそうに立ち上がった天であるが、ディスプレイを確認した途端ぱっと顔が輝く。

「あっ、神一先生！　お帰りなさい‼」

弾んだ声を上げた天に夕緋もほっとした。やはり雷は、単に仕事が溜《た》まっていて連絡する暇がなかったのだろうと思ったが、それは楽観視に過ぎなかった。

数分してマンションに戻ってきた雷は見るからに疲れていた。着道楽の気がある男であるのに、服に気を回せないのか、よれの目立つシャツにスラックスという素っ気ない格好もその印象を強めていた。

「お疲れ様でした、先生。何か食べますか？　すぐ注文を」

「いらん」

甲斐甲斐しく世話を焼こうとする天を振り払うしぐさにも余裕がなかった。立ち竦む天と、どうすればいいのか分からない夕緋を一瞥《いちべつ》した彼の足は、そのまま自室へと向かっていく。

「明日からしばらく私は部屋にこもる。邪魔をするな」

簡潔に命じた後ろ姿は扉の向こうへ吸い込まれた。場に残された天と夕緋は、どちらからともなく顔を見合わせる。

やがて肩を竦めた天はソファに戻り、スマートフォンを手にして夕緋に向かって突き出した。

「連絡先、交換しておこうぜ。俺がここから追い出される日は、本当に遠くなさそうだしな」

「……天」

「そんな顔をするなよ。お前と違って、俺は正式に契約した愛人だ。若さと美しさの代金はたっぷりもらってる。つがい誓約も結んでいないんだし、離れ離れになったって生きていけるさ」

「……それは、そうかもしれないけど……」

さばさばとした天の口調がかえって痛々しく、唇を噛む夕緋であるが、途中で考えを改めた。

「……うん。分かった。連絡先を交換しておこう、天」

自分のスマートフォンを取り出し、天と連絡先を交換する。その瞳には決意の火が揺らめいていた。

二週間ぶりに帰ってきた雷は、宣言どおり本当に部屋に閉じこもったきりだ。食事もどこかで買ってきたのか、それどころではないのか、注文する様子さえない。

しばらくはリビングでソワソワしていた天だったが、夜十時を過ぎる頃には希望を持ち続けているのに疲弊《ひへい》したのだろう。物も言わずに自分の部屋へ引っ込んでしまった。

大体予想されていた展開である。早めに風呂も終えて様子を窺っていた夕緋は、そっと雷の部屋の前に立ち、扉をノックした。

「雷先生、夕緋です。今ちょっと、いいですか」

「よくない」

「……でしたら、時間がある時を教えてもらえないですか。お話ししたいことがあるんです」

雷の態度も予測の範囲。ならば次の約束だけでも取りつけようと食い下がった夕緋の鼻先をかすめ、扉が開いた。

「三分時間をやろう。さっさと言え」

軽く仰《の》け反《ぞ》ってしまった夕緋を見下ろす雷の顔は見るからに不機嫌だ。乱れた髪を気怠《けだる》くかき上げる様さえ年齢不詳の美しさを誇るが、さすがに疲れが色濃かった。この状態の雷にする話ではないかもしれないが、なにせ与えられた時間は三分しかない。

「単刀直入に言います。あなたは、天のことをどう思っているんですか」

「この忙しい時に何を抜かす」

「いいから答えてください。お願いします」

雷も大変だと思うが、彼の態度に振り回されている天の精神も瀬戸際に立たされているのだ。強気に回答を迫ると、雷はシンプルな回答を寄越した。

「愛玩《あいがん》動物」

「……それだけですか。本当に、その程度の感情なんですか？」

この回答も予期していたものだ。だからこそ、ここで諦めはしないと夕緋は食い下がった。

「あなただって本当は天のことが好きなはずだ。もう何年も、天以外のオメガを抱いていないんでしょう？」

「そうだな、好きだぞ。アレは私が飽きないよう、努力を怠《おこた》っていないのでな。わざわざ他のオメガで憂さ晴らしをする必要がなくて、助かっている」

好意はそれなりにあるのだと、雷はいったん肯定した。

「だが、それは現在の話であって、未来を約束するものではない。どれだけ天が努力しようが、運命のつがい、もしくはより私の好みに添ったオメガが見つかれば、話は別だ」

一位であっても暫定一位。順位が変動する可能性は常にあるのだと薄笑った雷は、怯《ひる》みを見せた夕緋のあごをくいと持ち上げた。

「たとえばお前とかな、夕緋。あの空彦を骨抜きにした魅力がどんなものか、一度味わってみたいとは思っていた……」

「……な……！」

思わぬ意趣返しに息を呑んだ夕緋の後ろに立つ影があった。

「先生」

目を丸くして振り向けば、当然と言うべきか、そこにいるのは三人目の同居人である天だ。夕緋は真っ青になって雷の手を振り払った。

「ご、誤解だ、天！　僕とこの人は、何も」

「分かってるよ。お前なんか、ぜーんぜん先生の好みじゃないんだから」

くだらないことを言わせるなとばかりに、天は切って捨てた。

「……でも、世界のどこかには、お前より、俺より、先生好みのオメガがいるんだ。今はただ、出会っていないだけで」

彼らしくもない淡々とした言葉にこもった諦念《ていねん》と決意。夕緋は止めようとしたが、間に合わなかった。

「急にごめんなさい。俺と別れてください、先生」

しっかりと愛するアルファの目を見つめて、天は静かにそう言った。

「どうせ、いつかは先生の運命の相手が現れるんだ。だったらまだ、俺が若くて可愛いうちに、別れたほうがいい」

「そうかもしれんな」

うなずく雷の声も静かで、落ち着いている。先生らしいや、と唇だけでつぶやいた天は身を翻し、そのまままっすぐに玄関へ向かっていった。ほどなくドアが開閉する音が聞こえ、足音が遠ざかっていく。

「天！」

「放っておけ」

「でも……!!」

そんなことはできない、と抗《あらが》う夕緋だが雷は動揺の素振りを見せない。

「若いオメガの貴重な時間を消費させているのだ。その分の愛人代はたっぷり弾んでやっている。金銭的な問題はないはずだ」

「そ、そうですけど……頭が冷えれば戻ってくる、ぐらいにあなたは思っているかもしれないですが！　天は本気だ。出会い頭から僕を敵視していたのも、本当はずっと、さっき言ったようなことを考えていたから……!!」

「知っている、そんなこと。何年アレと関係を持っていたと思うのだ」

お前に言われなくても分かっているとばかりに、雷は肩を竦めた。医師の観察眼が夕緋をひと撫《な》でする。

「お前が私と天に迷惑をかけた詫びとして、こんな役を買って出たこともな。自分は空彦を捨てたくせに、私たちに自分たちを投影するのはやめろ」

「！　そんな……!!」

絶句した夕緋の表情がクシャクシャと歪む。雷は外科医であって精神科医ではないはずだが、彼の指摘は心臓を打つものだった。

「いえ……、そうです。僕……僕、ごめんなさい……」

ずばりと看破された己の愚かさが、塞がりかけの心の傷を開いていく。

雷の言うとおりだ。せめて雷と天ぐらいは幸せに結ばれてほしいと、考えてしまったのだ。自分は空彦を裏切り者として糾弾し、雷の庇護下でのうのうと暮らしているくせに。

「申し訳ありません、雷先生。僕も出て行く、いたッ」

「馬鹿なことを抜かすな。貴様のことは空彦に任されているのだ。あいつがいいと言うまで、お前にはここで暮らしてもらう」

「でも……」

「でもストもない。お前は黙って従えばいいんだ。部屋に戻ってゲームでもしていろ」

古い言い回しで夕緋を追い立てた雷は、深々とため息をついた。

「……まったく、この忙しいのに手間をかけさせおって、どいつもこいつも……」

恨みのこもった口調で吐き捨てると、まだグズグズとその場に残っていた夕緋を閉め出すように、乱暴に扉を閉じた。


その翌日の夜、雷のマンションのリビングにて、夕緋はスマートフォンを見ては伏せ、伏せては覗くを繰り返していた。せっかく交換した天の連絡先へ、何度か連絡したが返信はない。――空彦へは自分から連絡はしてないが、彼からの連絡もない。

「連絡を取ったところで、何を話せばいいか、分からないけどな……」

一応、側には参考書の類もあるのだが、無理に読もうとしても目が滑るばかりだ。空彦のマンションにいた頃は進路についても何度か話し、奨学金をもらって彼が勤める大学へ進むことも検討していたが、今はとてもそんな気分になれなかった。

晴男からは長文の謝罪メールが来ていた。もう会ってくれないことは承知している、ただ謝りたいのでという前置きつきの内容は誠意にあふれていたが、まだ返信する勇気がない。晴男には悪いが、彼と笑って話ができるようになるまでには長い時間が必要だろう。

空彦とは、それ以上に時間がかかるだろう。そもそも関係の修復を自分は望んでいるのか。修復された関係とは、どういうものであるべきなのか……。

埒《らち》もない思考を捏《こ》ねくり回していると、扉が開く派手な音がした。

最初は雷の部屋の扉が開いたのかと思ったが、すぐに思い直した。彼は今朝《けさ》早く病院へ出勤しており、まだ帰ってきていない。そもそも開いたのは雷の部屋ではなく玄関の扉である。

また二週間戻らないのかと思っていたが、もう帰ってきたのか。天を探しに行くような人じゃないよな、と思いながら立ち上がった夕緋の目に映ったのは意外な人物だった。

「え、あれ、天?」

昨晩、長らく心に秘めていた別離を切り出した直後、マンションを出て行った天が大股《おおまた》にリビングへ入ってきたではないか。

「お、お帰り。あの……、も、もう、機嫌、治った……?」

戻ってきてほしい、とは思っていた。しかし、たった一晩で本当に戻ってくるとは思っておらず、何度も連絡しておいてなんだが夕緋は当惑してしまう。

まさか雷と天は、別れる別れないの茶番を何度も繰り返してきたのだろうか。自分はとんだ道化だったのだろうか？

疑心暗鬼に陥りかけた夕緋を押し退《の》け、天は苛々《いらいら》と叫んだ。

「神一先生は!!」

「まだ、病院じゃ……あっ、ちょっと!!」

雷の部屋の扉に手をかけた天の肩を夕緋は慌てて止めたが、怒りに任せた勢いに引きずられてしまう。二人はもつれ合うように雷の私室へと足を踏み入れた。

天はきっと何度も出入りしているだろうが、夕緋が雷の部屋へ入るのは初めてである。他の部屋同様、ベースは豪奢《ごうしゃ》なホテルといった風情だが、パソコンの周りには専門書が積み上げられ、医療用語まみれの書類が散乱していた。

初めて雷に会ったあの日、彼の机周りは嫌味なほどに整頓《せいとん》されていたことを思い出す。見栄っ張りで仕事ができる自分を愛する雷だ、これが普段の状況ではないだろう。今抱えている仕事とやらが、それだけ大がかりなものなのだ。

その大がかりな仕事内容を示すものが室内にはあふれているに違いない。ただでさえ医者は患者のプライベートに触れがちだ。万一のことがあればと、夕緋は青くなった。

「だめだよ、天。勝手に先生の部屋に入ったら、お仕事の邪魔になる」

「関係ないだろ、別れたんだし!!」

噛みつくように怒鳴られて、いよいよ面食らってしまう。

「ヨリを戻す気で、帰ってきたんじゃないのか？」

「他に行く場所がないからだよ!!」

まくし立てられたところで謎《なぞ》が増えるだけだ。

「だって、雷先生は、君に相当な額のお金を……」

「ああ、あるよ。一生かかっても使い切れないぐらいの額をもらってる!!」

その前提は間違っていないと天は認めた。

「でも口座を凍結されてちゃ、どうしようもないだろう!? クレジットカードだって止められてるし……先生の顔が利くホテルに行くと、『お泊めできません』で門前払いだ。家を探そうとしても、最初は愛想の良かった不動産屋が、途中で何かに気づいたって顔で『あなたに貸せる物件はない』とか言い出すし……!!」

細い肩を震わせる天は今にも泣き出しそうだ。

「こんなことができるの、雷先生に決まってるだろう!? だから、どういうつもりかって、問いただしに来たんだよ!!」

「どういうつもりって……」

「俺から別れを切り出したのが、そんなに気に食わなかったのか!? 飼ってたオメガに手を噛まれたのが腹立つって!?」

どういうつもりか聞きに来たくせに、天の中では大体答えが決まっているようだ。しかし夕緋はこれまでの状況を鑑《かんが》みた結果、彼とは別の回答に辿り着いていた。

「……いや、そうじゃない。多分そうじゃないよ、天」

どう説明しようかと迷っている夕緋の耳に、ある意味いいタイミングで再び玄関が開く音が聞こえてきた。帰宅の挨拶もなしに帰ってきた雷は、天の靴があること、そして自分の部屋のドアが開いていることにすぐ気づいたようである。

「おい、なんだお前たち。勝手に人の部屋に入って!!」

少し慌てた様子で怒鳴り込んできた雷は、天と夕緋の脇《わき》をすり抜けてパソコンの側へ行き、放置されていた資料束を取り上げた。やはり重要な情報が記されたものがあったようである。逆上した天が引き裂いたりしなくてよかった、と思いながら、夕緋はとりあえず謝った。

「も、申し訳ありません。天のやつがいきなり入っていってしまったので、止められなくて……」

謝りはしたが、正直夕緋と天が悪いのはそれだけだと思った。

「……あなたのせいですよ、先生。ちゃんと天に説明してあげてください」

「なんだ、お前、分かったような顔をして!!」

横合いから天がむっとした顔になって文句をつけてきた。

「公賀のおっさんの次は神一先生か。オメガでもなくなったくせに、次から次へと、いいご身分だな!! でも、お前だって、先生の運命の相手じゃないんだ。いいや、先生はそんなもの、必要ないアルファなんだ……!!」

さっき雷の悪口を言ったくせに、舌の根も乾かぬうちからこれだ。苦笑して雷を見やれば、彼は珍しく、ふて腐れたような顔をしている。

「……まだ分からんのか」

強い口調で言われ、途端に天の目が泳ぐ。雷の一挙手一投足に、彼はたやすく振り回される。

その逆はないと、天は思っているのだろう。

「あのさ、天。君に対する、雷先生の仕打ちなんだけど」

微笑ましさを堪え、真面目腐った顔を装って夕緋は言った。

「僕には、どこにも行けないから、自分のところに戻ってこいって意味かと思えるんだけど……」

天が絶句する。雷はそっぽを向いている。

「君を失えない。そう言いたいんだよ、先生は」

ですよね？　と確認を取ってもうなずいてはもらえなかったが、否定もされなかった。

要するにそういうことなのだろう。

「大体、君のことがどうでもよかったら、真っ先にフェロモン分泌腺除去手術の実験台にしているよ。そういう人だろう、雷先生って。養子にしたのだって、簡単に逃がさないためとも取れるし。ところで養子縁組って、ベータの同性カップルが結婚の代わりに使う手でもありますよね、先生」

「……恩人に対して、お前も言うようになったな、夕緋」

雷は顔を背けたままそれだけ言って、また押し黙った。

「……な、なんで？」

やっとのことで天が口を開くが、わななく唇からは喘《あえ》ぐような声しか出てこない。雷も口をつぐんでいるので、業を煮やした夕緋はその脇腹を肘《ひじ》で突いた。痛い、やめろと小さく文句を言った雷は渋々と吐き捨てる。

「そこまで言わないと分からん程度の仲か、私たちは」

「……いいえ」

ポロポロと涙を流しながら、天は何度も強く首を振った。澄ました美貌には似合わぬしぐさが、今までで一番彼を美しく見せていた。

「いいえ、いいえ。俺たちは、運命も要《い》らない仲です、先生。お互いが、そう望んでいる限りは……」

「当然だ。ベータの連中でもできるようなことが、私たちにできんわけがないだろう」

この世の八割はベータである。彼等には運命のつがいなどいない。それでも運命と信じた相手を選び、恋をして子供を作り、この世界一の勢力を誇っている。

それはアルファとオメガも同じこと。誰もが運命のつがいに出会うわけではない。かつての夕緋のように、その存在を疑う声も後を絶たない。それこそ運命の悪戯《いたずら》によって緑青ノ森を出なければ、空彦と会うこともなかっただろう。

ならば出会えた二人の間に生じた絆《きずな》を大切にするべきだ。運命や本能の保証がなくても、恋ができることは証明されているのだから。

「――さて、夕緋。要らんお節介を焼いてくれたお返しをせねばな」

言うなり雷の手から、先ほど手に取った書類束が滑り落ちた。

「あっ」

夕緋も涙を拭い去った天も慌てたが、雷はなぜか天のみを押し留める。

「いい、夕緋に拾わせろ」

「は、はい」

わけが分からないながら、二人は雷の言うことに従った。夕緋だけが散らばった書類を拾い集め、雷に渡す。

「はい、雷先生」

「ご苦労。ところで内容は見たか」

「え？　いいえ、だって守秘義務があるでしょう？」

馬鹿正直に答えた途端、渋い顔をした雷の手から再びばさっと書類が落ちる。

「あっ⁉　な、何するんですか⁉」

生意気を言いすぎた返礼のつもりか。慌てた夕緋が再びしゃがみ込む。

と、怪訝そうにその様子を見守っていた天がはっと何かに気づいた顔になり、タイツに包まれたしなやかな足を振り上げた。爪先《つまさき》が器用に、ある一枚の書類を踏みつける。

「天まで……どうしたんだ、一体」

わけが分からない。混迷を深める夕緋の頭上で、恋人たちはアイコンタクトを交わし合う。

「さすが私のオメガだな」

「ええ、先生のお考えぐらい、俺には分かりますから」

さっきの醜態を挽回《ばんかい》したつもりなのだろう。ここぞとばかりに勝ち誇った天の爪先が、ぐりぐりと書類上の一点を重点的に踏みつける。はっきりとした意図を感じさせる動きを見て、夕緋も彼等の意図に気づいた。

個人情報に関わるからと、あえて見ないようにしていた書面に目を凝らす。まず読み取れたのは手書きのサインだった。公賀空彦。

「……なんだ、これ」

夕緋の理解を察した天が足を引き、書面の全貌《ぜんぼう》が明らかになった。小難しい医療用語もいくつか並んでいるが、大意は摑める。これは患者が読み、内容を理解してサインすることが前提の書類だからだ。

「……アルファ性の、除去手術の、承諾書……？」

「あーあ、知られてしまったか。だが仕方がないな、書類を落としただけの私に落ち度はない」

「書類を踏んだだけの俺にもないですね」

個人情報の入った書類を持ち帰っていた点については今さらだろう。息ぴったりに声を揃える二人を見上げて、夕緋はかすれ声を出した。

「そんな、まさか、本当に空彦さんが……？」

「他にどんな酔狂なアルファが望むか、こんな手術。おかげで臨床試験もロクにできん。オメガから聖人になりたいやつはごまんといるが、逆を希望するのはあの馬鹿ぐらいだからな」

雷に大きな依頼をしたのは空彦だったのだ。前例がない、というかそもそも誰が希望するのか、という手術を成功させるため、彼は奔走していたのだ。そこまでは理解できたが、肝心なところが理解できない。

「……どうして」

「私の天への気持ちを代弁してみせた、賢い夕緋くんに分からんレベルの話か？」

からかわれて、夕緋は噛み締めるようにつぶやいた。分かる。痛いほどに、分かる。

「――僕のために」

オメガでなくなってもなお、アルファに脅かされる恐怖に泣いた夕緋のために。

「それは、分かります。でも、なんで……？　僕はオメガじゃなくなった。僕らはもう、運命のつがいとは言えないのに」

「そう思っているのは、お前だけだからだろ」

舌でも出しそうな表情で天が零した。雷も同意する。

「そういうことだ。言っておくが、お前が気づいていなかっただけで、あいつのお前への執着は手術完了後もまるで変わっていなかったからな」

「……そうだよ。そうでなきゃ、俺がこんなに焼きもち焼くわけないだろ」

仲良く追撃されて追い詰められた夕緋は、すがるように雷を見上げた。

「僕は、どうすれば」

「知らん。私は精神科医でも恋愛カウンセラーでもないのだ。自分で考えろ」

外科医なのだと切り捨てた雷であるが、思考の材料は与えてくれた。

「私に言われるまでもあるまいが、お前がどんな人生を選ぼうが、空彦はお前を恨んだりは……するかもしれんが、お前に危害を加えるような真似だけは決してしないだろう。あいつはそういう、つまらん男だ。だからこそ、お前相手に取り乱す姿が面白かったんだがな」

「……前から思ってましたけど、雷先生と空彦さんって、実は結構仲がいいですよね？」

同じアルファ同士であっても、かたやアルファばかりの名門一族、かたやベータの中に突然現れたアルファ。おそらくは他のアルファたちは、雷がどんなに成功しても、むしろ成功すればするほど軽蔑《けいべつ》を露わにしてきたのではなかろうか。雷がそれを気にするタマとは思えないが、少なくとも他のアルファよりは付き合いやすいのだろう。

「……オメガ差別だけではなく、アルファ内の差別にもいい顔をしない男だからな、あの偽善者は。そんな態度をあからさまにして、なお文句を言われないことこそが、公賀一族のおかげだというのに……あいつは私のことをとんだ傲慢男だと言うが、私に言わせれば、やつの無自覚な傲慢さのほうがタチが悪いぞ」

　ブツブツと零す雷の声がおかしくて、夕緋は少し笑ってしまった。雷も天も一緒にむっとした顔になったが、それがさらにおかしい。……羨ましい。寂しい。

　いつの間にか、彼等ともう一人と過ごすのが夕緋の日常になっていたのだ。

「分かりました。少し、考えます」

「そうするがいい。だが、あまり時間はないぞ。なにせ私は天才なので、アルファ性除去手術の概要は固まりつつある」

　目を見開く夕緋の鼻先に、雷のスマートフォンが押しつけられた。画面上には彼のこの先一ヶ月のスケジュールがびっしりと記録されている。

「このあたりで一度、空彦のやつを呼び出して打ち合わせをしようと思っていた。三日後あたりが適切だろうな」

「……ちょうど、空彦さんの講義がない日ですものね」

　彼との暮らしのリズムは、すでに自分の肌に染みついている。それを思い出した夕緋の心は、ほぼ決まっていた。

いよいよアルファではなくなる日が迫ってきた。アルファ本人はもちろん、ベータもオメガも度肝を抜かずにはいられない瞬間のことを考えても、界命病院にやってきた空彦の心は静かだった。

雷に無茶を言って頼んだ手術の内容が、ようやくある程度決まったらしい。オメガの時と違って人間での臨床試験がまるでできない、どうなっても知らんぞと散々脅されたが、なにせ天下の雷神一が考案し執刀するのだ。フェロモン分泌腺除去手術の成功例もある。きっとうまくいくだろう。

——うまくいかなかったとしても、今のこの状態で生きていくよりはマシだ。運命のつがいを失って以来、胸に空いた大穴を埋める方法が他にないのなら、性格以外は文句のつけようがない天才医師に頼るしかない。

最悪命を失うようなことになったとしても、その時はその時だ。公賀家の血を繋ぐという役目はすでに果たしてある。年頃になった娘にはオメガのボーイフレンドができたような話も聞く。緑青ノ森で出会ったあの晴男など、一族内には婚外子までさかんに残してくれる連中がいるのだから、空彦がいなくなったところでどうにでもなるだろう。

「……俺が、こんなふうに考えるようになるとはな」

運命のつがいとは誠に恐ろしい。自嘲に頰を歪めながら、空彦は看護師に案内され、雷の仕事先である外科病棟へと足を踏み入れた。

「最近よくいらっしゃいますね」

案内役のアルファの看護師は親しげな声を出し、空彦の気を引こうとしているようだったが、生憎《あいにく》と愛想を良くするつもりはない。雷の部屋へ通された後、少しばかり落胆した様子の彼が出て行っても、空彦は軽く目礼しただけだ。そうするだけでも、夕緋と出会う以前と比べれば大きな進歩である。

生まれながらに勝ち組と言われてきた。空彦にとっては最初から全て手に抱えているものであり、ありがたいと思えと言われてもピンとこなかったが、なるほど世間には、たとえ同じアルファであっても自分より劣った能力しかない者が大勢いると気づいた。

弱者を踏みつける連中の存在がその最たるものだ。特に生来の負け組であるオメガを虐げるなど、アルファ同士のいじめよりタチが悪いだろう。

その思いで露骨なオメガいびりには反対してきたが、だからといってオメガを愛《いと》しんでいるわけでもない。アルファの中でも特別とされる公賀一族に生まれた以上は、そうするのが当たり前だと感じているだけである。

この病院の待合室で夕緋を助けたのも、同じ理由だった。目の前でアルファがオメガを食い物にしようとしている。ならば助ける、当然だ。条件反射のようにそう考えていた。

雷と天のように双方了承の上で歪んだ愛人契約を結んでいるならまだしも、このアルファにはそんなアフターケアさえする気はあるまい。オメガを救いたいというより、同じアルファとして規律を守らせたいという気持ちのほうが強かった。

心ないアルファの目を覚まさせるのが第一。夕緋を近くの病院へ連れて行くのは、それこそアフターサービス。そのはずだったのに。

「まさか、俺まで本気で聖人を志すことになろうとはな……」

お前まで聖人になる気かと、いつか雷に揶揄《やゆ》された時のことを思い出している間に、足音が近づいてきた。

「遅いぞ、雷。約束の時間はすでに、……」

そっちが指定した時間だろうが、と相手の顔を確認する前に文句をつけようとした空彦は、入ってきた人物を見て言葉を失う。

「……夕緋」

「……ごめんなさい、空彦さん。騙《だま》したりして」

雷の名を使ったことを、まず夕緋は謝った。

「雷先生は、悪くありません。あの人が落とした手術の承諾書を僕が見てしまった、それだけのことです」

雷との間にどういう密約が取り交わされているかも全て承知している、と暗に匂わせれば、空彦は思わず「……あの野郎」と口汚く罵《のの》った。そして夕緋と入れ替わるようにして、部屋を出て行こうとする。

「待ってください。どこへ行くんですか」

慌ててその前に夕緋は回り込み、進路を塞いだ。

「決まっているだろう。君がいないところへだ」

そこだけ聞くと冷たい台詞だ。しかしつけ加えられた言葉が、彼の葛藤《かっとう》を物語る。

「俺がアルファでなくなるまで、会うつもりはなかった」

「……それはつまり、あなたがアルファじゃなくなったら、また会ってくれる気だったんですか？」

「……どうかな。俺も聖人となれば、君のように運命のつがいを意識から切り離せるかもしれない。その場合は、お互いに会う必要はなくなるだろうな」

オメガでなくなったと知らされたあの日、降って湧《わ》いた奇跡ではち切れそうだった夕緋は、頭から空彦とはこれきりの関係のつもりだった。空彦の気持ちなどちっとも考えていなかった。彼もまた、同じように厄介な運命と縁が切れたことを喜ぶとばかり思っていた。

実際には空彦の側からだけ、二人は結びついていた。それを最悪の形で知らされた時は、直前の晴男とのいざこざも相まって、世界から見捨てられたような気持ちだった。

しかし今、今度こそ完全に自分たちを繋ぐ運命とやらが消えてなくなると言われると、どうしようもない寂しさを感じてしまうのだ。

勝手なものだと思うが、よく考えれば空彦だって相当勝手な振る舞いをしてきた。雷の無自覚な傲慢さ、という評がぴったりだ。

そんな相手には、夕緋だって心のままに我が儘《まま》を言ってもいいだろう。もうオメガではないのだ。アルファの顔色を窺う必要はない。

「それは、嫌です」

息を呑む空彦の目をしっかりと見据え、この三日間考え抜いた結果を告げる。

「こんなふうに愛を証《あか》してくれなくてもいい。あなたの気持ちは伝わっている。僕も、あなたを……愛して、いる」

顔色を窺いはしない。だからといって、一概に拒絶もしない。他のアルファに迫られるのは絶対にごめんだが、空彦だけは、何度もひどい目に遭わされても、なお。

「あの日……初めてあなたと出会った時のような、強烈な引力は感じていません。ぼくにとってのあなたは、もう運命のつがいじゃない」

　空彦の目元が軋む。彼も十分に分かっていたことだろうが、改めて突きつけられた現実がその心に血を流させている。夕緋の心の同じ場所からも、同じように血が流れ出している。

「僕をオメガに戻すことはできますか。一応、雷先生に聞いてはみました」

　予想だにしない話だったようである。空彦が思わず「馬鹿な」と漏らした。夕緋も馬鹿な質問だったと思う。

「答えはノーでした。当然ですよね。聖人になったオメガが、元に戻りたがるはずがない」

　切除されたフェロモン分泌腺や子宮は今後の研究のために取ってはあるものの、とっくの昔にホルマリン漬けだそうである。夕緋の体に戻すようなことはできない。

　分かっていた回答だった。自分の口からそのような質問が出たこと自体が、空彦への愛の証《あかし》だった。彼の目に生じた複雑な輝きは、それを理解したことを示している。

「それでも……あなたが側にいないと、どうしようもなく寂しいんです。大きな危険があるかもしれない手術も、できれば受けてほしくない」

　そろそろと手を伸ばし、空彦の手を取る。一瞬彼は身を引きかけたが、悲しげに眉根を寄せた夕緋を見ると、おずおずと握り返してくれた。

「……俺も、君が手術を受けると知っていれば、絶対に止めた。だがそれは、君の身に及ぶ危険性だけを考慮してではないと思う」

「分かっています」

正直な言葉には正直な言葉で応《こた》える。

「僕があなたに手術を受けてほしくない気持ちにも、同じものが混じっています。あなたはアルファとしても優れた人だ。まして、運命のつがい以外には心を動かされなかった人だ。本能の繋がりが消えてしまったら、僕なんかお払い箱かもしれない」

「……そんなことはない、とは言えないのが、運命のつがいのつらいところだな」

握った指先を互いに絡めながら苦い言葉を交わし合っていると、

「まったく貴様らは、毎度毎度お互いにクソ真面目過ぎて、くだらんところで足踏みをするな。手間のかかることだ」

不意に聞こえてきたのは雷の声だった。夕緋任せにしてくれると言ったくせに、結局近くで様子を窺っていたらしい。ご丁寧に天まで連れている。

「……来ると思っていた」

腐れ縁故の勘か、空彦は雷の差し金である以上、いずれ本人がでしゃばってくると察していたようである。固まった夕緋の手をしっかり握り締めたまま雷を睨《にら》むと、彼はやれやれとばかりに肩を竦めた。

「そもそもお前のアルファ性の除去手術なんぞ行ったら、私が公賀の連中にどんな目に遭わされるか分からんわ。需要がなさすぎて開発の意味もないしな」

もともとが無理筋だったのだと断言した雷は、隣の天をちらりと見やる。

「別にアルファとオメガでなければ、運命のつがいでなければ恋愛できんわけでもないだろう。世の中にはいくらでも例がある」

「……はい、先生」

いつの間にか二人の手は、夕緋たちと同じようにしっかりと結び合わされていた。

無自覚な傲慢の産物であっても、行く末を気にしていたアルファとオメガ。彼等なりの結論を目の当たりにした空彦の表情が決意に引き締まる。

「俺が、今後……」

言い止《さ》して、言い直す。

「夕緋。俺と生きてくれ」

たくさんの言い訳や耳触りのいい言葉を並べてきた結果、散々に遠回りをしてしまった二人だ。だからこそ、ストレートに希《こいねが》う言葉が胸に迫る。

「――はい、空彦さん」

瞳を潤ませて夕緋がうなずいた。空彦も少し瞳の端を光らせて、年若い恋人を抱き締める。

「で？　お前ら、ちゃんとセックスはできるのか。また私たちが煽ってやらんとだめか？」

「雷先生‼」

間を置かずデリカシーもへったくれもない横槍《よこやり》を入れられ、夕緋は大声を上げた。その声に驚いたように空彦が腕を解き、解放感よりも寂寥《せきりょう》感を覚えてしまう。

恐怖は消えていない。だが、体の関係を持つことも含め、この三日間考え抜いて出した結論だ。赤い顔を少しだけ横に逸らし、夕緋は口を開いた。

「あの……ま、前もって、その……日を決めて、ゆっくり、ちゃんとした段取りを踏んでいただければ……嬉しい、です」

「……善処する」

苦笑した空彦であるが、思っていたよりも落胆した様子はなかった。それどころか、彼は意外なことを明かした。

「正直な話、君に拒絶されて聖人になろうと決めた日から、一足先にその手の欲望は消え

失せているからな。君が側にいてくれるだけで、俺にはもう十分だ」

「えっ」

自分でも驚くほど落胆した声が口から出てしまった。慌てて口元を手で覆うが遅い。目を丸くしている空彦の顔を、恥ずかしくて見られない。

「その気がない時のアルファの煽り方、今度教えてやるよ」

「天！」

天に茶化され、夕緋の顔はますます熱を帯びる。

「EDの治療が必要なら」

「黙れ。……夕緋がその気なら、大丈夫だ」

雷の親切を、空彦は冷たく切って捨てた。


一年後、空彦の勤める大学で学ぶかたわら彼の助手に収まった夕緋は、自分たちの体験を彼と共同で出版した。たちまち大反響が巻き起こり、歓声と罵声《ばせい》が同じレベルで飛び交ったが、全ての反応を二人はあるがままに受け止めた。

雷の名声と悪名も同時に高まり、彼はあちこちの講演会に引っ張りだこだ。聖人になりたいオメガはもちろん、需要がないと断言したアルファからも何件か問い合わせがあったとかで、忙しい毎日を送っている。天は彼の元で、医療について本格的に学び始めたそうだ。

「空彦さん、また出版社から手紙が転送されてきましたよ」

「ありがとう。では、コーヒーを淹《い》れよう」

ここ最近の修業の甲斐あって、飲み物の用意だけはうまくなった空彦が支度を始める。ひとたび興味を持てば、アルファの学習能力は凄《すさ》まじい。やがて漂ってきたかぐわしい香りにうっとりしながら、夕緋は何十通にも及ぶ手紙やメールをプリントしたものをテーブルの上に広げていった。

新しいアルファとオメガの在り方について、様々な立場の人々の意見が毎週のように手元に届く。出版社側は気を利かせて罵詈雑言《ばりぞうごん》の類は選別すると言ってくれたが、危険物以外はそのまま送ってくれるように頼んであった。

時には心を抉《えぐ》る言葉もある。夕緋を、空彦を「裏切り者」と糾弾する声は特に胸を締めつけるが、「奇跡をありがとう」との言葉つきで、涙ながらに今までのつらかった人生を語る内容を読むと、別の意味で胸が締めつけられる。

晴男には夕緋から連絡を取って、事の顚末《てんまつ》を話した上で、もう緑青ノ森には帰る気がないことを告げた。晴男もそれを了承し、「俺がいつか大人になって町を出たら、ちょっとはマシになってるか、確かめてやってください」と返信が来た。意外にも彼はオメガでもベータの女性でもなく、もともと友達だったベータの少年を恋人に選び、青春を謳歌《おうか》しているそうだ。

アルファだから、オメガだから、運命のつがいだから結ばれる。そうでなければ結ばれない。世の中はそこまで厳格なルールには従っていない。俗世を離れたからこそ持てる意見だ、と指摘されることも少なくないが、聖人だからこそ提供できる視座を発信していくことで、世界は少しずつ変化していくだろう。

「夕緋、コーヒーが入ったぞ」

「はい、空彦さん」

笑顔で受け取った夕緋の手に、そっと手が重ねられる。今夜いいか、の合図だ。

「……ありがとう」

少し顔を赤らめてから、夕緋が彼の手を握り返すと、優しいキスが額に落とされる。そのままいったんキッチンへ戻る彼の背を追う夕緋の目は、早くも熱を帯び始めていた。

その日の夜、夕緋は空彦の部屋でシャワーを浴びた後、バスタオルだけを身にまとった状態でバスルームを出た。ベッドに寝そべって何やら小難しい本を読んでいた空彦がそれに気づき、本を閉じて柔らかく微笑む。

「おいで」

限りなく優しい声であるにもかかわらず、その目は欲を帯びて光っていた。

「……はい」

安心とこの先への期待がない交ぜになり、背筋がぞくぞくとそそけ立つ。室内の灯りはすでにベッドサイドのランプのみだ。淡い光に満ちた室内へ歩き出した夕緋は、一瞬息を止めてから、下肢を覆っていたバスタオルをそっと外して近くの椅子の背にかけた。

若い恋人の美しい肉体を目の当たりにした空彦の目の色が欲へと傾く。無言で身を起こした彼も先にシャワーを浴び、たくましい肉体を上掛けに隠して夕緋を待っていた。高位のアルファであることに加え、最近は精力的に行っているフィールドワークの賜物《たまもの》か、年齢や職業からは考えられないほどにその上半身は鍛えられていた。

そして下半身はもっとすごいのだ。思わず下世話なことを考えてしまった夕緋の顔が赤くなる。

「どうした?」

「い、いえ……ちょっと、恥ずかしくなって」

「なんだ、これからもっと恥ずかしいことをするのに」

くすくすと笑った空彦の手が伸びてきて、まだベッドまで三歩の距離を残していた夕緋の腕を引いた。あっと思った時には、すぐ近くに空彦の顔があった。

「ん……」

不自然な姿勢でも、自然と唇が重なる。キスを続けながらベッドに上がり込んできた夕緋を空彦の手が助け、しばらくは夕緋が彼の上にまたがった状態で舌を吸い合っていた。

「ん、ふ」

やがて空彦の唇は夕緋の首筋へと降りていく。シャワーを浴びたばかりの肌はしっとりと潤み、極上の舌触りだ。興奮を覚えた空彦は熱心に舌を這わせるが、夕緋は笑って身をよじるばかり。

「あはは、くすぐったい」

しかし空彦は、鎖骨を軽く噛みながら心得顔で問いかけた。

「くすぐったいだけか？　本当に？」

「……いいえ……」

まだ恥ずかしがっていて、それをごまかすために言ったのだ。そう見抜かれたと分かると、二人を包む空気は急速に淫靡なものになっていった。

「あっ、ん」

さらに下がった唇が乳首に辿り着いた。ちゅう、とわざとに湿った音を立てて吸われ、夕緋があごを仰け反らせる。

「ふあ、あ……吸っちゃ……」

「いい子だ。素直に感じなさい……真面目な君が、俺の前で乱れる様をもっと見せてほしい……」

まだ羞恥《しゅうち》を捨てきれず、いやいやする夕緋に空彦は甘い声で魔法をかける。年上の保護者であり、現職の大学教授でもある男の導きは、聖人となった夕緋の理性さえ浸食していく。

「ん、ん……あ、ン……気持ちい……」

「どこが？」

「あ……っ、ちく、び、気持ちいい、です……」

ご褒美とばかりに、一層強く吸い上げられ、口の中で飴玉《あめだま》のように舐めしゃぶられた。

それだけで夕緋は軽く達してしまい、性器がとろりと蜜《みつ》を噴く。

それだけでも十分恥ずかしいのに、空彦はいきなり夕緋を抱え上げ、ぐるりと体勢を入れ替えた。ベッドヘッドに背を預けた夕緋の足を大きく開き、その奥へと指先を差し込む。

「……あっ」

「濡れてきたな」

空彦が指摘したのは、先ほど漏らしてしまった先走りのことではない。この後、彼を受け入れてくれるすぼまりのことだ。フェロモン分泌腺や子宮を失った夕緋であるが、ここが女性のように愛液めいたものを分泌するのは変わらない。

「ん、言わな……」

「どうしてだ？　事実だろう」

「ば、ばかっ……空彦さん、どうしてセックスの時はおっさんくさいんですか!?　前は性欲がなくなった、みたいなことを言ってたくせに……!!」

耐えかねた夕緋の叫びを空彦は否定しなかった。

「そりゃ俺は、結婚も離婚も経験したおっさんだからな」

年齢と結婚歴に関しては、どうにもならぬと開き直り始めた空彦だ。夕緋の反論を封じてから、真面目腐った調子で続ける。

「それに、性欲はまだしも、体力が落ちていることは事実だ。若い男のように、そうそう何度も挑めない分、一度でしっかり満足させてやらないとな……」

「う、そつきっ。すぐ……、回復、するくせに、ンッ、ンッ……!!」

すべすべとした太股《ふともも》を撫でるようにしながらさらに開かせ、ぬめる穴へと指先を差し込む。途中で何度かローションを足し、前立腺を執拗《しつよう》に捏ね回して数度それだけでイかせてやると、夕緋は息も絶え絶えになった。内股と性器周辺は彼が吐き出した体液でしとどに濡れて、てらてらといやらしく光っている。

「も、もぅ、いい、から……空彦さん、早く……」

このままでは夕緋のほうが先に体力の限界を迎えそうだ。切羽詰まった様子で求められ、空彦の怒張がさらにかさを増す。分かった、というつぶやきの重々しさとは裏腹に、性急な手つきでヒクつく穴へと己の砲身を宛がう。ぐちゅりと上がった淫らな音に身震いしながらも、夕緋は彼の首に腕を回した。

「若い恋人を繋ぎ止めようとすると、おっさんはがんばるものさ……!」

言いざま、太いものが狭い穴へとねじり込まれる。たっぷり慣らされたおかげで別に痛くはないが、どっしりとした亀頭《きとう》に奥まで突き通される圧迫は凄まじい。

「は、ぁ……！　あっ、あんッ」

すぐに空彦は動き始める。ただしその動きはあまり大きくはなく、奥をゆっくりと、じっくりと繰り返し小突くようなものだ。一見焦れったいが、一番弱いところをそうやっていたぶられ続けるうちに、じりじりと蓄積していく快楽にやがて身悶《みもだ》えするようになる。

「は……！　あ、うぅ、やあ、もっと、もっと激しくしてぇ……!!」

ぴったりと密着できるのは心地良いが、それ以外は夕緋の苦手なセックスだ。知っているくせに、空彦はこうやって夕緋を追い詰めることを好む。

「だめだ。言っただろう？　そう何回もできないのだから、一度でしっかり満足させたいと……」

「む、りぃ！　これだめ、こんな、こんなゆっくりなのに、へん、へんになるぅ!!」

空彦の首に回していた手を放し、ぐしゃぐしゃと頭を掻きむしる。愛液の分泌をするとはいえ、発情期のオメガのような異様なまでの感じやすさは今の夕緋にはない。彼を焼き焦がしているのは空彦のテクニックと執念だった。

「変になりなさい。見ているのは俺だけだ」

半ば忘我の境地に至りつつある夕緋の耳に、空彦はまた魔法の言葉を流し込む。

「清廉《せいれん》な君の乱れ狂う姿を引き出せるのは俺だけだ。いいな、夕緋……？」

祈りとも呪いとも取れる言葉と同時に、お望みどおりに激しい動きを始める。散々焦らした体を軽く抱え上げ、空中で揺するようにしてがくがくと刺激してやれば、夕緋はあっという間に登り詰めた。

「あぁっ!!　あーっ、あぁーっ……!!」

「……っぐ、ぅ……」

達した内部が道連れとばかりに空彦を引き絞る。強い圧と快楽に押し負けた空彦も、夕緋の中に激情を解き放った。

「は、う……」

「……大丈夫か？　夕緋」

霞みがかった目をした夕緋をゆっくりと敷布に横たえる。空彦も少しばかり眠気を感じているが、それにも増して眠そうな夕緋を放り出すなど年上の沽券《こけん》に関わる。余力を残した腕で清潔な上掛けをかき寄せ、夕緋の体を覆ってやった。

「ん、だめ……中、始末、しないと……」

「俺がしてやるから、少し眠りなさい。明日もお互いに仕事だしな」

二人揃って大学へ講義のために出向かねばならないのだ。空彦が助手兼恋人を連れてくることは内外に知れ渡っている。露骨に寝不足なところなど見せたら、たっぷりからかわれることだろう。

分かっているが、夕緋は眠い目を擦りながら懸命に起き上がった。

「だから、起きていたいんです……久しぶりに、してもらえた、から……終わった後も、ちゃんと……」

「……そうだな」

ピロートークも手抜きしたくない。夕緋らしく真面目な、そして可愛らしい願いを聞いて空彦も座ったまま背筋を伸ばした。実は話したいことがあったのだ。

「今度、顕子と蝶子に会いに行こうと思うので、一緒に来てくれないか」

「え？」

一気に眠気が飛んだ様子だ。目を見開く夕緋に、順を追って説明する。

「顕子の再婚相手と、蝶子のボーイフレンドも来るそうだ。蝶子はまだ、俺に会うのを嫌がっているようだが……俺の恋人がどんな子かは、興味があるらしい。夕緋も来るのなら、と言っている」

「は、はい、僕は大丈夫です、行きます！」

勢い込んで応じた夕緋であるが、直後に心配そうな声を出した。

「……大丈夫かな。僕、殴られたりしません？　顕子さんは納得されているようですけど、蝶子さんって結構気が強いんでしょう？」

「大丈夫だ。先に殴られるとしたら、俺だ」

確かに蝶子は気が強く、かなりずけずけと物を言う性格であるが、だからといってむやみに当たり散らすようなことはしない。「こんな若い子を騙《だま》しやがって」と叫ぶ姿が今から目に見えるようだ。

「だから、守ってくれないか、夕緋」

わざとに気弱な様を見せる空彦に、夕緋は「……仕方がないですね」とつぶやいた。

「蝶子さんともうまくやれないと、空彦さんへのプロポーズなんて夢のまた夢だろうしな。また天くんに相談しないと……」

「ん？」

「あ、いえ、なんでもありませんッ」

慌てて打ち消した夕緋は、女性陣に気に入られるためにはどんな服装で行くべきか、土産《みやげ》は何にすべきかを熱心に質問し始めた。


後日、元妻と娘の前で夕緋にプロポーズした空彦は、想定どおり蝶子に殴られることになる。ボディガードを承知していた夕緋は感極まって泣き出してしまっており、役に立たなかった。後から一連の話を聞いた雷は爆笑し、天は「のろけてんじゃねーよ」と口では言いながらも、その目には優しい光が満ちているのだった。

あとがき

こんにちは、雨宮四季と申します。今作は「つがい」シリーズとは違い、現代日本をベースとした正統派オメガバースですが、実は「つがい」シリーズの遥かな過去だったりするかも……？

オメガバースといえば運命のつがいが中核となると思いますが、今回はあえて運命を否定するお話を書けて面白かったです。年の差攻めならではの苦悩も含めて大変な空彦を、意図せず振り回す夕緋は真面目なんですが、小悪魔の才能もありですね……。

イラストを担当してくださったやん様、筋肉の重みを感じさせる、重厚なおじさまたちをありがとうございました！　夕緋と天の可愛さもより引き立って最高でした!!

次回は「つがい」シリーズ三作目になるかと思います。だいぶ人間味を増したシメオンの葛藤を楽しんでいただければ幸いです。

雨宮四季

ラルーナ文庫

この本を読んでのご意見・ご感想・ファンレターなどお待ちしております。〒111−0036 東京都台東区松が谷1−4−6−303 株式会社シーラボ「ラルーナ文庫編集部」気付でお送りください。

本作品は書き下ろしです。

聖者《せいじゃ》の贈《おく》りもの　運命《うんめい》を捨《す》てたつがい

2018年9月7日　第1刷発行

著　　者｜雨宮《あまみや》 四季《しき》
装丁・DTP｜萩原 七唱
発 行 人｜曺 仁警
発 行 所｜株式会社 シーラボ
〒111-0036　東京都台東区松が谷 1-4-6-303
電話　03-5830-3474／FAX　03-5830-3574
http://lalunabunko.com
発　　売｜株式会社 三交社
〒110-0016　東京都台東区台東 4-20-9　大仙柴田ビル 2 階
電話　03-5826-4424／FAX　03-5826-4425
印刷・製本｜中央精版印刷株式会社

ISBN978-4-87919-964-5